Frank Teichgräber

Moorläufer
und der Seelenbaum

„Wonach ich suche, weiß ich dann, wenn ich es gefunden habe!“

In dieser Geschichte wird der Icherzähler Gabor durch einen mysteriösen Buchfund mit den Erscheinungen der übersinnlichen Realität, der sogenannten Anderswelt konfrontiert.
Durch die Begegnungen mit einem Magier und einer Hexe findet Gabor tiefere Erkenntnis über sein irdisches Dasein.
Lagu – der schamanisch angehauchte Magier – ermuntert ihn, die richtigen Fragen zu stellen.
Beorc, seine Frau – eine solitäre Hexe – zelebriert unheimliche Rituale in ihrem Garten.
Gabor verliebt sich in Ulmar – die Tochter der beiden – und gemeinsam gehen sie ein Stück des ihm bestimmten Weges.

In einer morschen Hütte mitten im unwegsamen Moor geht er auf die Suche nach visionären Erkenntnissen.
Ein Tiger, ein Vogel und die Geister in einem Baum begleiten und unterstützen ebenfalls seine Wandlung.
Er macht die Erfahrung seines Todes und seiner Wiedergeburt.

Alles nur Einbildung?
Für Gabor jedenfalls so real wie die alltägliche Wirklichkeit.

Diese Geschichte habe ich geschrieben für Leser mit offenem Geist und Interesse an fantastischer Literatur.

Alle Namen und Orte sind frei erfunden.

Der Autor

Frank Teichgräber

Geboren 1950 in Bremerhaven
Schon als Schüler kleine Fantasiegeschichten geschrieben
Ausbildung zum Fernmeldetechniker
Zwei Jahrzehnte als Gärtner und Landschaftsbauer gearbeitet
Über 25 Jahre als Musiker tätig
1997 schriftstellerische Arbeit begonnen

Dazu sagt er:
„Nun endlich ist es mir gelungen, an längst verschollen geglaubte
Motivation anknüpfend, das kreative Schreiben fortzusetzen.
Nicht angelehnt an ein bestimmtes Genre, möchte ich vielmehr
unterschiedlichste Formen des sprachlichen Ausdruckes nutzen,
um den Lesern meine inneren Welten näher zu bringen.

Der hier vorliegende Roman Moorläufer verbindet archaische
Vorstellungen aus den tiefsten Abgründen kollektiven
Unterbewusstseins mit Erfahrungen meiner alltäglichen
Lebenswirklichkeit."

Diverse Veröffentlichungen – z. B. Gedichte in Anthologien,
Kurzgeschichten in Magazinen, Webseitenrezensionen

Seit 2001 Internetprojekt mit Leseproben und Fotogalerien
(www.pondminer.de)

Bibliographische Information der Deutschen Bibliothek:
Die Deutsche Bibliothek verzeichnet diese Publikation
in der Deutschen Nationalbibliographie.
Detaillierte bibliographische Daten sind im Internet über
http://dnb.ddb.de
abrufbar.

Moorläufer – und der Seelenbaum
© 2007 Frank Teichgräber
Coverbild: Frank Teichgräber
Herstellung und Verlag: Books on Demand GmbH, Norderstedt

ISBN-13: 978-3-837-00704-6

Prolog

Wer sich auf die Suche begeben hat nach Antworten auf die drängendsten Fragen zu seiner wahren Berufung, seinem geheimen Auftrag in diesem irdischen Leben – und was geschieht mit der unsterblichen Seele nach dem unabwendbaren Tode der körperlichen Hülle – ja, der weiß, wie undurchdringlich das Dickicht aus trüben Schatten der Vergangenheit und aufflackernden Leuchtfeuern der Vorahnung im Inneren Selbst verschlungen ist.

Wer sich dieser Herausforderung nicht verschließt, mit wachen Sinnen und weit offener Seele die Pforten in die andere Welt öffnet, der sollte gut vorbereitet sein auf das, was ihn dort erwartet. Es lauern ungeheuerliche Wesen an der Schwelle zu einer anderen Wahrnehmung, die uns Prüfungen abverlangen, die nicht leicht zu bestehen sind.

Der Tod wird seine kalte Hand ausstrecken – aber ohne jeden Schrecken, wenn der richtige Weg beschritten wird.

Abkürzungen gibt es keine, auch wenn es manchmal so scheint.

1

Mein Abenteuer der Wandlung begann mit dem überraschenden Fund eines alten, recht abgegriffenen Buches in meinem Schlafgemach. Eines späten Abends mich zur Nachtruhe begebend, entdeckte ich es auf dem Nachttisch.

Erstaunt stellte ich fest, dass es mir nicht gehört und ich es vorher auch noch nie bei einem meiner Mitbewohner gesehen hatte.

Ich schlug das Buch auf und las den Titel:

‚Handbuch der Magie – Der Weiße Weg‘.

Ich blätterte nun in geweckter Neugierde und las einige Sätze in verschiedenen Kapiteln, um mir einen ersten Überblick des Inhaltes zu verschaffen. Es war ein sehr altes Buch, mehr als zweihundert Jahre alt, an der Jahreszahl der Veröffentlichung zu erkennen. Übersichtlich aufgeteilt in vierundzwanzig Kapitel, mit genauen Anleitungen für Übungen und Rituale, verdeutlicht durch skizzenhafte Zeichnungen und Tabellen. Ich legte mich ins Bett und begann nun die Einleitung zu lesen. Darin wurde als erstes vor den Gefahren gewarnt, die diese Lektüre in sich birgt. Nur Menschen mit innerer Kraft und geistiger sowie körperlicher Gesundheit könnten den Inhalt dieses Traktates unbeschadet zu ihrem Nutzen anwenden. Es sollte mit keinem anderen Menschen über dieses Buch und die Beschäftigung mit den Anweisungen gesprochen werden, und sei er auch noch so vertraut. Vor sich selbst sollte ein Gelübde abgelegt werden, welches unbedingt jeden Tag vor Beginn der Rituale bekräftigt werden müsste. Dringend wurde empfohlen, für absolute Abgeschiedenheit und Ruhe während der Arbeit mit den magischen Praktiken zu sorgen. Jede Störung von außen und jede kleinste Unkonzentriertheit würde unabsehbare Gefahren heraufbeschwören. Jede Unterbrechung der Übungen, und sei es nur ein einziger Tag, gefährdet den Erfolg und zwingt zu völlig neuem Beginn von Anfang an.

Außerdem können bei Nichtbeachtung aller dieser Warnungen Verwirrtheit und Schwarze Phantasien zu ernsthaften und lang andauernden, tiefgreifenden Befindlichkeitsstörungen führen.

Mir schien es ein nicht ungefährliches Buch zu sein, und die gründliche Beschäftigung damit sollte unbedingt genau überlegt sein. Doch warum wurde dieses geheimnisvolle Buch in dieser Nacht von mir gefunden?

An Zufälle glaube ich nicht, habe ich noch nie. Alles was passiert, hat meiner Auffassung nach eine tiefere Bedeutung, deren Sinn uns meistens in den Tiefen des kosmischen Geschehens verborgen bleibt. Wir suchen ständig nach Antworten und möglichen Erklärungen für mysteriöse Begebenheiten, die uns so manches

Mal in ungläubiges Erstaunen versetzen, doch es entstehen nur neue Fragen, die sich in unserem tiefsten Inneren ansammeln und uns immer stärker verwirren, bis wir ratlos aufgeben, nach Wahrheiten zu suchen. Es strengt zu sehr an und ängstigt unsere Seele. Also stürzen wir uns in alltägliche Oberflächlichkeiten und vorgegebene Lebenssinnangebote, um unsere Tage und Nächte, ja sogar unseren gesamten Lebensweg damit zu füllen. Dagegen habe ich mich stets aufgelehnt und bin zu einem Suchenden geworden. Kann es sein, dass etwas in mir genau nach diesem Buch gesucht hatte? Wer ist der eigentliche Besitzer dieses Traktats?

So meinen Gedanken nachsinnend, bemerkte ich zwischen den Buchseiten ein dünnes Lederbändchen, welches sicherlich als Lesezeichen diente. Es markierte ein Kapitel ziemlich in der Mitte des Buches. Es behandelte das Thema der wandernden Hand während des nächtlichen Traumgeschehens. Nur wenige Seiten gelesen, wuchs in mir ein nicht klar zu deutendes Gefühl. Eine diffuse Mischung aus dunkler Verwirrtheit und fröstelnder Angst. Die Vorstellung, meine Hände würden von mir auf Wanderschaft geschickt, gelenkt von meinem Willen, war mir unheimlich.

Eingedenk der Dringlichkeit der einleitenden Worte begann ich nun, das erste Kapitel zu lesen. Darin ging es um das richtige Atmen. Da ich mich schon viele Jahre mit Yoga, dem Tibetischen

Totenbuch und Meditation beschäftige, verstand ich sofort diese Anweisungen. Es gelang mir schnell, in einen Rhythmus einzutauchen, der zu tiefer Entspannung führte. Tief einatmen, vom Kopfe her langsam bis in den Bauch, dann Luft anhalten und bis fünf zählen, dann sehr langsam ausatmen, vom Bauch beginnend bis nach oben zum Kopfe hin, dann bis zehn zählen, nun wieder einatmen. Dabei an nichts denken, versuchen, den Lauf der Gedanken anzuhalten. Ein Bild vor dem inneren Auge oder ein Wort im Geiste ständig wiederholend, kann dabei helfen. Zehn Minuten konzentriertes Atmen gelang mir ohne Probleme, doch ich wollte nicht bis an die Grenze des mir Erträglichen gehen. Das sollte auch unbedingt vermieden werden, denn die Ausdauer wächst mit der täglichen kontinuierlichen Atemarbeit.

Ermüdet durch die konzentrierten Atemübungen, beschloss ich, nach dem Ende des Kapitels nicht weiter zu lesen. So faszinierend für mich die Studien der magischen Praktiken in der Vergangenheit schon waren, hatte sich doch ein gewisser Respekt entwickelt. Durch eigene beeindruckende Erfahrungen, seit meiner Kindheit angesammelt, reifte schon in jungen Jahren die Erkenntnis um die Gefahren des leichtfertigen Umgangs mit allem, was außerhalb unserer alltäglichen Wahrnehmung vorhanden ist. Gerade das Buch aus der Hand gelegt und das Licht gelöscht, fiel ich sogleich in unruhigen Schlummer, in einen Zustand zwischen Wachsein und Traum.

Ein wisperndes Geräusch direkt neben meinem linken Ohr lockte mich an die Oberfläche meiner Wahrnehmung. Unter höchster Konzentration vernahm ich ein raues, wortloses Räuspern, erspähte aus den Augenwinkeln ein undeutlich zu erkennendes Wesen, aufrecht stehend, links neben mir am Bettrand. Nach meinem ersten Schrecken betrachtete ich es nun auch meinerseits bewegungslos und mit wachsender Neugierde. Nicht mit allergrößter Kraftanstrengung konnte ich auch nur einen kleinen Finger bewegen. Trotz der tiefschwarzen Dunkelheit erkannte ich nach kurzer Zeit, dass es sich um einen fast zwei Meter großen Mann handelte. Ein zartes regenbogenfarbenes Leuchten umschloss seinen ausgemergelten Körper und erleuchtete das Zimmer mit mattem, unwirklich erscheinendem Lichtdunst. Er stand regungslos da und sah mich aus glühenden grünen Augen direkt an. Lange dunkle Haare fielen ihm bis auf den Rücken, in den Haaren waren kleine bunte Federn eingeflochten. Seine Kleidung war lederartig und schillerte wie das Wasser der Meere, grün und blau. Seine Gebeine steckten in mattschwarzen Lederstiefeln, die ihm bis zu den Kniekehlen hinauf reichten. Um seinen Hals trug er eine lange Kette, die aus zierlichen gebleichten Knochen bestand. Ein leicht süßlicher Geruch entwich seiner Gestalt, eine Mischung aus frischer Erde, brackigem Moorwasser, moderndes Laub der Bäume und von Pilzen zersetzter Baumrinde. Doch beileibe nicht gerade unangenehm, da sich auch der zarte Duft von frischen Sommerkräutern wie Salbei, Lavendel, Kamille, Melisse und eine Prise frisch gemähtes Wiesenheu dazwischen mischte. Die faltige Struktur dieser Gestalt erinnerte mich an die rissige Borke eines alten Baumstammes. Ich glaubte, durch ihn hindurch sehen zu können, der Körper pulsierte kaum wahrnehmbar und veränderte dabei seine Form und Farbe. Als wir uns so gegenseitig anschauten, verspürte ich keinerlei Bedrohung, im Gegenteil, ein recht angenehmes Gefühl wuchs immer stärker, eine mir noch unbekannte Art der Heiterkeit und Gelassenheit überkam mich. Seine rechte faltige Hand deutete auf das geheimnisvolle Buch, dabei hob er plötzlich seinen Kopf und lächelte mich an. Er öffnete schnell seine linke Hand und verschloss sie sogleich wieder im Bruchteil einer Sekunde. Ich sah für kurze Zeit einen kleinen rundlichen Stein, wie bemalt sah der aus, und glaubte eine mir gut bekannte Landschaft darauf zu erkennen. Ich lächelte zurück, und der mysteriöse Besucher begann langsam auf der Stelle zu tänzeln, wobei seine knöcherne Halskette leise rasselnde Geräusche von sich gab. Sein Tanz wurde schneller und schneller, bis seine Umrisse kaum noch zu erkennen waren. Was dann von ihm blieb, war ein bunter Strudel, eine farbige Nebelwolke mitten in meinem dunklen Zimmer. Von dieser wogenden Wolke lösten sich zu meiner Überraschung drei kleine Kugeln aus hellem weißen Licht und fielen neben meinem Bett lautlos zu Boden. Dann verschwand die dunstige Erscheinung, nur eine flüchtige Spur seines Duftes war geblieben.

Langsam löste ich mich aus der Erstarrung, schaltete eine Lampe ein und wanderte im Zimmer umher, um irgendeinen Beweis des Besuches zu finden. Und tatsächlich stolperte ich fast über einen kleinen Gegenstand, der am Boden lag. Der kleine Stein, den mir der geheimnisvolle Besucher in seiner linken Hand für einen winzigen Augenblick offenbart hatte, lag dort auf dem Fußboden. Ich nahm ihn in meine linke Hand und betrachtete ihn genauer. Ungefähr fünf Zentimeter im Durchmesser, von ovaler Form, zeigte seine Oberfläche eine leichte Ahnung einer Landschaft mit Bäumen und Seen, der Himmel durchzuckt von einem rötlichen, dreifach geästeltem Blitz. Die Rückseite des Steins war blaugrünlich gefärbt, und ein klares Bild war nicht zu erkennen. Am ehesten könnte es die Oberfläche eines Gewässers darstellen, war meine Deutung.

Den Stein betrachtend, spürte ich eine wachsende Wärme in der

Hand, die von ihm ausstrahlte. Er wurde heißer und heißer, bis ich ihn aus der Hand legen musste, aus Furcht mich zu verbrennen. Ich legte ihn vorsichtig in die Schublade meines Nachtschranks zu den Muscheln und anderen Steinen, die dort versammelt sind.

Nach dem Erwachen am frühen Morgen fand ich zu meiner Verwunderung in einem meiner Schuhe eine kleine bunte Vogelfeder und in dem anderen einen kleinen Knochen.

2

Der Sommer neigte sich langsam in den Herbst, doch das Wetter war noch angenehm warm, so wurde im Garten fast der ganze Tag verbracht. Am gedeckten Frühstückstisch saßen meine Gefährtin Sena sowie Pep und seine Frau Chun, unsere Mitbewohner. Sena ist Krankenschwester und nur unregelmäßig zu Hause. Wegen ihrer Bereitschaftsdienste hat sie noch ein Zimmer in der Stadt. Oft bleibt sie dann fast eine Woche dort. Mir macht das nichts aus, ich kann gut allein sein. Pep ist so eine Art Globetrotter, macht lange Reisen und schreibt für verschiedene Zeitschriften Reiseberichte und ist demnächst drei Monate in Indien unterwegs. Chun ist Musikerin, Sängerin und Gitarristin in einer recht erfolgreichen Band, mit der sie bald wieder auf Tour geht. Dann ist sie monatelang unterwegs von Stadt zu Stadt. Manchmal schreibe ich Texte für sie und kümmere mich um das Management. Von dem Honorar lässt es sich ganz zufrieden leben, da meine Ansprüche recht bescheiden sind. Wir wohnen mittlerweile drei Jahre zusammen in einem alten, fernab vom nächsten Dorf gelegenem Bauernhaus mit großem Garten. Hinter unserem Grenzbach beginnt ein weitläufiges Naturschutzgebiet mit Seen, Wäldern, Wiesen und ein renaturiertes Hochmoor.

Auf der Gartenbank räkelten sich unsere beiden Katzen in der milden Morgensonne, blinzelten mir neugierig und zufrieden zu, und unter dem Tisch lag unser treuer Hund, der mich mit fragenden Augen begrüßte.

Als ich mich an den Tisch setzte, beschnüffelte er mich aufgeregt und fing an unruhig zu fiepen, während die Katzen mich ohne Scheu fortwährend anstarrten. Eine Ahnung beschlich mich, was der Grund für ihr ungewöhnliches Verhalten sein könnte. Etwas an meiner Erscheinung, eine Nuance meines Geruchs, meiner Mimik und Gestik, hatten sich über Nacht geändert; das könnten sie bemerkt haben. Tiere haben dafür eine wesentlich feinere Wahrnehmung, als wir Menschen je entwickeln können. Die Katzen fingen aber bald an, sich zu putzen und taten uninteressiert, wie Katzen nun mal sind, aber dabei entgeht ihnen nichts.

„Die Tiere denken, du hast Knabberzeug in den Taschen, so haben die dich doch noch nie begrüßt zum Frühstück", lachte Sena, umarmte mich kurz und schnüffelte dann spielerisch an mir herum. „Irgendwie bist du aber anders heute, ich weiß auch nicht. Hast du geduscht, siehst so frisch aus?"

„Einfach nur gut geschlafen, das soll ja verjüngen. Möchte nachher jemand mit zum Schwimmen?"

Pep und Chun schauten von ihrer Zeitungslektüre auf und meinten, sie hätten etwas verpasst.

„Wer riecht hier komisch, ich rieche nichts. Nee, zum Baden kann ich heute nicht, muss in die Stadt wegen der Flugtickets", sagte Pep.

„Also, ich fahr mit, Einkäufe machen. Vielleicht geh ich heute Abend schwimmen, mal sehen", meinte Chun.

Sena schaute mich fragend an.

„Wollen wir nicht mitfahren, einfach so einen schönen Tag machen, Eis essen und Stadtbummel machen?"

„Och nee Sena, fahr du ruhig mit. Ich will lieber ins Moor und Kräuter sammeln."

„Machst du doch sowieso am liebsten. Ich fahr dann mit."

„Prima", freute sich Chun, „lass uns mal zur Feier meines letzten Urlaubstages einen Streifzug durch die Läden machen."

Pep und ich sahen uns verstehend an, wobei er seine Augen verdrehte und wohl seinen fallenden Kontostand befürchtete.

Nach dem Frühstück machte ich mich auf den Weg, mit Rucksack und ein wenig Wegzehrung, per Fahrrad auf zum nahe gelegenen See. Nach einem erfrischenden Bad wanderte ich Richtung Moor, etwa zwei Kilometer entfernt. Obwohl der Meinung, hier mittlerweile jeden Pfad zu kennen, entdeckte ich einen fast vollständig zugewucherten kleinen Trampelpfad, den augenscheinlich schon lange Zeit niemand mehr betreten hatte. Anfangs vermutend, es handele sich wohl um einen Wildwechsel, stand ich plötzlich nach mehreren hundert Metern mühseligen Fußmarsches durch das Dickicht auf einer kleinen sonnendurchfluteten Lichtung. Und vor mir, zu meinem Erstaunen, eine großflächige Bodenerhebung mit einer verfallenen Holzhütte darauf, umgeben von mehreren kreisförmigen Steinhaufen. Überwuchert mit allerlei Geschlinge machte sie den Eindruck, als wäre sie hier gleich einem Baum aus dem Boden gewachsen. Und tatsächlich, bei näherem Erkunden sah ich, dass die Hütte um einen alten Baum herum gebaut worden war. Die winzige Eingangstür vom Gewirr wildwuchernder Farne und Schlingpflanzen befreit, betrat ich vorsichtig den Innenraum. Durch das marode Dach, aufgesprengt vom Wachstum des alten Baumes – übrigens eine mächtige Mooreiche, wie an der rissigen und silbergrau schimmernden Borke zu erkennen war – ergoss sich ein fächerförmiges Bündel flirrender Sonnenstrahlen. Den Boden bedeckte ein abgetretener, ehemals wohl dunkelroter Teppich, der bis zum Baumstamm mitten im Raum reichte. Der festgetretene Erdboden bildete den Fußboden, und an einigen Stellen brachen die knorrig gewundenen Stränge der schlangenförmigen Baumwurzeln durch die

Erde. Ein alter hölzerner Tisch, zwei ebenso alte Holzstühle und ein verwitterter kleiner Holzschrank waren die spartanische Einrichtung. Auf dem Tisch eine kupferfarbene Petroleumlampe, einige Kerzenstummel, ein gläserner Aschenbecher, eine zerbeulte und fest verschlossene blecherne Keksdose, einige Becher und alte Zeitungen. Das Datum darauf war ungefähr zwanzig Jahre alt! An den Wänden hingen einige vergilbte Tafeln mit Bildern von verschiedenen Vogelarten und deren genauer Beschreibung. Auf einer dieser Tafeln war nur noch undeutlich zu lesen, dass der Besitzer dieser Hütte Ornithologe ist und hier wohl im Auftrag der Naturschutzbehörde wirkte. Ich entdeckte eine kleine fensterartige Luke und öffnete diese, um mehr Licht und vor allem frische Luft hereinzulassen. Mein Blick hinaus fiel direkt auf eine Anhäufung von mit Moos überwucherten Findlingen, auf dem ein schöner bunter Vogel saß und mich ohne jegliche Scheu betrachtete. Sein farbenprächtiges Gefieder leuchtete im Spiel der Sonnenstrahlen. Ein prächtiger Eichelhäher, der merkwürdige Geräusche von sich gab. Bewegungslos an der Luke verharrend, betrachteten wir uns mit gegenseitiger Neugier, bis der Vogel mit seinem Schnabel immer auf die gleiche Stelle des Steins, auf dem er saß, pickte. Dabei schien er mir mit quietschenden und krächzenden Lauten etwas sagen zu wollen, das sich anhörte wie:

‚Komm hierher, komm zu mir.' Plötzlich flog er mit lautem Schnarren in das schattige Geäst des nächsten Baumes, schien aber weiter mit mir zu sprechen und wollte mich wohl mit seinem ‚komm heraus, komm zu mir' aus der Hütte locken. Nun ist ja bekannt, dass Eichelhäher schelmische und sehr intelligente Vögel sind. Darum war ich auch gar nicht erstaunt über sein Gebaren, aber sein Locken hatte schließlich Erfolg, und meine Neugierde war erwacht. Bei dem Findligshaufen angelangt, fand ich genau an der Stelle, wo der Häher so auffällig gepickt hatte, einen grauen Stein, sichelförmig, mit einer rötlichen abgeflachten Kante an seiner Innenseite. Ich nahm ihn in die linke Hand und er passte genau hinein. Angenehme Wärme ging von ihm aus, aufgeladen mit dem Licht der Sonne. In Gedanken den Stein fragend, ob er mit mir kommen wolle, verspürte ich ein klares, wortloses Ja. Darüber erfreut, steckte ich ihn in meine Hosentasche und bedankte mich auch bei dem Häher, der mich die ganze Zeit beobachtete. Mir kam es vor, als hätte er mir diesen Stein geschenkt, denn nach genauem Suchen auf der Lichtung war kein Stein dieser Größe zu entdecken.

Der kleine Trampelpfad führte noch weiter durch das verwilderte Dickicht. Ich folgte ihm durch kleine Birkenhaine und bald dichter werdendes mannshohes Schilf, immer begleitet vom Geschnarre des klugen Eichelhähers. Es wurde ständig sumpfiger, und beinahe wäre ich in den See gestürzt, der sich plötzlich vor mir zeigte. Ein fast schon zerfallener Holzsteg ragte einige Meter in den See, knapp über der Wasseroberfläche. Darauf eine kleine Bank, von der aus ich den weiten Blick über das grünbraune Wasser genießen konnte. Am gegenüberliegenden Ufer leuchtete der ausgedehnte Mischwald in ersten zarten Herbstfarben seines bunten Blätterkleides. In einiger Entfernung schwammen auf der stillen Wasseroberfläche ein paar Enten und ein Schwanenpaar mit ihrem Nachwuchs, die ruhig ihre Bahnen zogen und sich durch mich nicht stören ließen. Mehrere Libellen, diese akrobatischen Flugkünstler, umkreisten mich neugierig, und ich wünschte, sie würden alle Moskitos verspeisen, die hungrig auf mein Blut waren. Im Schilf piepte und zwitscherte es ohne Unterlass, überall schwirrten aufgeregt kleine Vögel herum.

An diesem idyllischen Ort machte ich Rast, verzehrte meine belegten Brote und trank dazu das kühle Wasser aus dem See, welches angenehm moorig schmeckte. Nun frisch gestärkt, ging ich den Trampelpfad zurück und verschloss sorgfältig die einsame Hütte, machte mich dann auf den Heimweg und nahm Abschied von diesem verwunschenen Ort, den ich unbedingt wieder besuchen wollte. Aber ich beschloss, ihn geheim zu halten als meinen persönlichen Kraftplatz, denn diese energetische Atmosphäre sollte so wenig wie möglich gestört werden.

Am Hauptweg angelangt, verabschiedete sich der Eichelhäher mit lautstarkem Gezeter und krächzenden Geräuschen von mir.

Auf dem Heimweg sammelte ich einige Kräuter zur Teezubereitung wie Kamille, Beifuß, Schafgarbe, Taubnessel, Spitzwegerich, wilden Kerbel, Wiesensalbei und Zist. Von jeder Pflanze nur einige Zweiglein, denn sie sollten ja an ihrem Platz weiter wachsen können.

Während das Abendessen vor sich hin köchelte, kehrten meine ebenso hungrigen Mitbewohner von ihrem Stadtausflug zurück.

„Morgen geht mein Flug, um Mitternacht. Ich fahr zusammen mit Chun, die kann mich beim Flughafen absetzen", teilte uns Pep gut gelaunt mit, während er sofort genüsslich einen kräftigen Schluck Rotwein in sich hinein schüttete.

„Das kommt ja diesmal gut hin. Ich fahre sowieso in die Richtung", freute sich Chun.

„Und wie war dein Tag im Moor?", wollte Sena von mir wissen.

„Och, sehr abenteuerlich. Habe einen geheimnisvollen Ort entdeckt. Komisch, dass ich den bis jetzt nie auf meinen Streifzügen gefunden hab. Irgendwie verwunschen und märchenhaft ist es da.

Aber ich will jetzt nicht darüber reden."

„Also, ich möchte da mal gerne mit hin. Zeigst du mir deinen geheimen Platz bei Gelegenheit?"

„Klar Sena", erwiderte ich beiläufig.

„Versinkt bitte nicht in einem Moorloch, sonst wird's einsam hier. Und wer soll sich um alles kümmern, wenn ihr zu Moormumien werdet", prustete Pep vergnügt, schon leicht rotweintrunken.

3

Die Tage begannen und endeten mit meinem Atemritual, und im magischen Buch arbeitete ich mich mit kleinen Schritten durch die Übungen. Immer stärker geriet ich in seinen Bann, und es übte eine Faszination auf mich aus, der ich mich nicht mehr erwehren konnte und auch nicht wollte.

Manche Lektionen waren nicht einfach, das Anhalten der Gedanken gelang mir erst nach intensivem Training. Dazu habe ich mein persönliches Ritual entwickelt, welches im möglichst dunklen Zimmer geschieht. Eine Kerze wird angezündet, die Atemübung folgt, und im Geiste wiederhole ich so oft wie notwendig mein Meditationswort ,Wasserspiegel'. Bis das passende Bild dazu vor meinem inneren Auge erscheint, kann es einige Zeit dauern. Es ist nicht jedes Mal das gleiche, einmal sitze ich am felsigen Strand, sehe die Sonne glutrot aus dem Meer aufsteigen und kann sogar das Rauschen der heranrollenden Wogen hören. Oder es ist der mir gut bekannte stille Moorsee im silbernen Mondenschein, seine Wasserfläche so unbeweglich schimmernd wie ein kristallener Spiegel.

Manchmal ist ein Bild von beeindruckender Lebendigkeit, ein anderes Mal erscheint es wie eingefroren. Doch stets stellt sich die

Empfindung ein, als würde ich mich tatsächlich an jenem Ort befinden, wie in dieses Bild hineingefallen.

Ein merkwürdiger innerer Zustand, wenn der Gedankenfluss versiegt, der Lauf der Zeit ist dann angehalten, die alles umfassende Leere ist in Worte nicht zu fassen. Manchmal auch erschreckend, wenn ein starker Ruck meinen Körper durchzuckt, so als ob ich aus einem nächtlichen bedrohlichen Alptraum aufwache. Mein Zimmer erscheint mir fremd, mit mir völlig unbekannten Utensilien darin, wobei die brennende Kerze auf geisterhafte Weise in der Luft schwebt und schwindelerregend hin und her schwingt. Am Ende dieses Rituals sinke ich aus großer Höhe langsam in meinen Sessel herunter.

Das Schwierigste an dieser Übung ist, bei dem sich einstellenden Zeitstillstand nicht einzuschlafen, was mir anfangs doch wirklich passierte. Nachdem ich mein Konzentrationsvermögen mit viel Geduld gestärkt hatte, kam es nie mehr dazu.

Nun widmete ich meine gesamte Konzentration der nächsten Übung. Darin ging es um die wandernde Hand.

Nicht ganz leicht zu erlernen und mit einigen Gefahren verbunden, wurde gleich zu Beginn der Lektion gewarnt. Man kann wahlweise beide Hände einsetzen, die rechte gibt oder bringt und die linke nimmt. Doch niemals dürfen beide Hände gleichzeitig benutzt werden. Nachdem mir anfangs nicht gelingen wollte, eine Hand im Verlauf des Rituals auf Wanderschaft zu schicken, lag ich eines Nachts in meinem Bett und war vertieft in meine Atemübung. In der rechten Hand den runden Kraftstein umschließend, konzentrierte ich meine Wahrnehmung auf meinen Körper. Langsam von den Füßen aufsteigend, durch alle Organe, die Arme und die Hände bis zum Kopf. Von dort zurück zur rechten Hand. Dann geschah etwas Merkwürdiges. Meine Hand wurde wärmer, als würde in ihrem Inneren ein Feuer entzündet. Die Gedanken versiegten, ich befand mich in fremder Umgebung. Ein schöner weißer Sandstrand, tosende Brandung rauschte in meinen Ohren, eine leichte Brise spielte in meinen Haaren, Geschmack von bitterem Salz auf den Lippen, um mich herum gellende Rufe der Möwen, hinter den goldgelben Dünen war ein ausgedehnter Wald mit mächtigen uralten Bäumen zu erkennen. Ich flog in den Wald hinein, wobei es wohl Nacht wurde – denn ich konnte kaum noch erkennen, wo ich mich befand – und landete schließlich an einem See.

Von hier aus dem in der Dunkelheit einzigen sichtbarem Pfad folgend und plötzlich im Geäst eines hohen Baumes sitzend, befand sich unter mir ein einsam gelegenes Haus. Ich schwebte mühelos durch die steinerne Wand in ein kleines schwach erleuchtetes Zimmer. Darin ein verspiegelter Schrank, Tisch und zwei Stühle, sowie ein großes Doppelbett.

Aus der Perspektive, als würde ich unter der Zimmerdecke schweben, sah ich darin einen alten Mann und eine Frau in tiefem Schlaf. Langsam nach unten sinkend und dann am Bettrand bewegungslos verharrend, betrachtete ich den Mann genauer, hörte auf seine regelmäßigen Atemzüge. Wie im Traum murmelte er einige Worte, wiederholte sie ständig. Zu ihm heruntergebeugt war sein leises Murmeln zu verstehen: „Gib, was mir gehört. Es hat dich hierher geführt. Ich werde es dir schenken." Er öffnete seine Augen für einen kleinen Moment und sah mich dabei lächelnd an. Er schlief sofort wieder ein, seine Frau hatte nichts bemerkt, selig schnarchte sie leise vor sich hin. Meine rechte Hand öffnete sich ohne mein Zutun, und mit einem leisen Geräusch fiel der Stein neben dem Kopf des alten Mannes auf sein Kopfkissen. Nun zog es mich schwebend immer höher, sah das Haus unter mir kleiner werden, den See, das Meer, wobei es um mich herum immer dunstiger wurde, bis das Bild vollends verblasste.

Als ich am Morgen in meinem Bett erwachte, dünkte mir, das nächtliche Geschehen nur geträumt zu haben. Während meiner schon zur festen Gewohnheit gewordenen morgendlichen Atemübung erschienen die traumartigen Bilder noch einmal vor meinem inneren Auge. Nun wurde mir klar, wen ich in der letzten Nacht besucht hatte, nämlich jenen geheimnisvollen Besucher, den Überbringer von Stein, Feder und Knochen, den mystischen Tänzer.

Diese nächtliche Reise war sicherlich nicht körperlicher Art, in Fleisch und Blut, eher wohl auf geistigem Wege geschehen. Mit einer Vorahnung meine rechte Hand öffnend, stellte ich fest, dass der Stein verschwunden war.

Mir fielen die Worte ein, die der alte Mann letzte Nacht in mein Ohr murmelte: „Gib, was mir gehört. Es hat dich hierher geführt. Ich werde es dir schenken."

4

Noch am selben Tag machte ich mich erneut auf den Weg ins Moor. Ein unerklärliches Gefühl, eine Mischung aus froher Erwartung und Zwang, zog mich magisch dorthin. Auf dem sumpfigen Trampelpfad angelangt, welcher durch das üppig wuchernde spätsommerlich gefärbte Pflanzendickicht zur einsamen Hütte führt, wurde ich vom Eichelhäher begrüßt, der mit allerlei merkwürdigen Geräuschen jedem lebenden Wesen in der Nähe kundtat, dass ein Fremder in diese abgeschiedene Wildnis eingedrungen war. Ihm den magischen Sichelstein entgegenhaltend, beruhigte sich der Vogel. Aufmerksam beobachtete er mich, von Baum zu Baum fliegend, dabei unablässig in seiner ihm eigenen Sprache leise vor sich hinschwatzend. Schon beinahe die Hütte erreicht, sah ich zu meiner Verwunderung leicht gekräuselten zarten Rauch träge durch die Baumwipfel aufsteigen. Nun sehr vorsichtig, im Bemühen jedes Geräusch zu vermeiden, schlich ich leicht gebückt weiter und hörte undeutlich ein melodisches Singen. Die Fensterluke war geöffnet, und der aufsteigende Rauch entwich aus den zahlreichen Rissen des maroden Daches. Durch die Luke ins Innere spähend, war der alte Mann zu erkennen, dem ich letzte Nacht einen Besuch abgestattet hatte, und eine wohl ebenso alte Frau, die beide mit geschlossenen Augen in ihren gemeinsamen Gesang versunken waren. Bezaubernd schön und in mir unverständlichen Worten, klang der wie eine Beschwörung, ständig wiederholten sich die kurzen Verse. Ganz gefangen genommen von diesem ergreifenden Eindruck, lauschte ich regungslos. Ein wohliges Gefühl durchströmte mich, weil dieser Gesang direkt in mein Herz drang, mich beinahe zu Tränen rührte. Abrupt brach das Singen ab, und die Frau wedelte mit einer großen schwarzen Feder durch den Rauch, der aus einem irdenen Gefäß in dichten Wolken emporstieg. Dabei sprach sie: „Geweiht sei dieser Baum, zu unserer Seel Behältnis. Wenn Gebein vergeht, ihre letzte Zuflucht ist."

Die beiden Alten fassten sich lächelnd bei den Händen und küssten sich zärtlich.

Der Mann schaute dann in meine Richtung, und ich bückte mich erschrocken zu Boden. Es sollte nicht der Eindruck eines heimlichen Belauschens entstehen.

„Nur keine Angst junger Freund. Komme ruhig näher, tritt ein in unsere bescheidene Klause", sprach er mich in ruhigem Tonfall an. Also hatte er mich doch gesehen, und ich betrat nun, peinlich berührt, das Innere der Hütte. Es roch angenehm süßlich nach frischen Kräutern, auf dem Tisch brannte eine rote Kerze, und ich erkannte die Knochenkette, die an einem der Dachbalken hing. Die beiden Alten sahen mich ruhig an und schienen keineswegs von meiner Anwesenheit überrascht zu sein.

Der Mann erhob sich, reichte mir zur Begrüßung die Hand und sagte dabei, mich wissend anlächelnd: „Wir kennen uns ja schon, nicht wahr. Dieses hier ist meine Frau. Ich habe ihr von dir erzählt und wie wir uns begegnet sind. Setz dich und trinke Tee mit uns. Wir haben dich schon viel früher erwartet, nun hast du unsere fröhliche Zeremonie leider verpasst. Beim nächsten Mal kannst du aber gerne dabei sein."

Die Frau reichte mir einen Becher mit heißem Tee, und ich suchte nach Antworten auf die Feststellung des Alten, wir würden uns schon kennen. Natürlich hatte er nicht unrecht, denn auch ich habe ihn sofort erkannt. Doch im wirklichen Leben sind wir uns noch niemals begegnet.

„Es war nicht meine Absicht euch zu belauschen, aber der Rauch hat mich neugierig gemacht", brachte ich kleinlaut zu meiner Entschuldigung hervor.

Beide lachten verstehend und sahen sich vielsagend an.

„Wir wissen, dass du diesen Platz kennst, und dein Nahen hat der plappernde Vogel angekündigt. Das wird dich vielleicht überraschen, aber ich verstehe die Sprache der Vögel."

Sein Gesichtsausdruck wurde ernst, fast ein wenig streng: „Was du da erlebt hast, ist kein Spiel. Befolge die auferlegten Regeln, und halte dich an dein Gelübde. Es kann sonst sehr gefährlich für dich sein, uns zu kennen."

Ich musste jetzt auf der Stelle die entscheidende Frage stellen, mit Macht drängte sie mutig über meine Lippen: „Du hast mich doch besucht in einer Nacht und getanzt. Danach habe ich einige Dinge gefunden, wovon ich dir letzte Nacht den runden Stein zurückgebracht habe. Was hat das alles zu bedeuten?"

„Das ist eine längere Geschichte, und ich weiß noch nicht genau, ob du alles verstehst. Nur soviel – ich habe dich schon längere Zeit beobachtet. Nun, wo ein Nachfolger gefunden werden muss, fiel unsere Wahl auf dich. Darum hast du das Buch gefunden, und ich bin dir in jener Nacht erschienen, wobei die Dinge, die ich zurückließ, Hilfsmittel für dich sein sollen, mit mir in Kontakt treten zu können. Mit der Zeit wirst du das gewiss besser verstehen."

„Einen Nachfolger wofür?"

„Gut, lass mich dir erklären, hör gut zu. Ich bin seit nunmehr vierzig Jahren Besitzer dieser von mir errichteten Hütte und dem Land hier bis an den See. Diesen Baum, den du hier sehen kannst, um den herum ich die Hütte gebaut habe, hat vor hundertachtzig Jahren die Großmutter meiner Frau gepflanzt. Sie war übrigens Kräuterheilerin, hat ihr Wissen an ihre Tochter weitergegeben und diese dann wiederum an meine Frau. Manche Leute im Dorf behaupten, sie sei eine Hexe, genauso wie schon ihre Mutter und Großmutter es angeblich waren, weil sie Krankheiten bei Mensch und Tier heilen konnten, wo schon längst andere Mediziner aufgegeben hatten. In diesem alten Baum nun sollen die Seelen der verstorbenen Mutter und Großmutter weiterwirken und meine Frau glaubt, auch sie werde eines nicht mehr allzu fernen Tages ihre unsterbliche Seele dort einnisten, als ihre letzte Zuflucht sozusagen. Da ich Ornithologe bin, habe ich im Auftrag der Naturschutzbehörde hier eine bis zum heutigen Tag geheimgehaltene Vogelbeobachtungsstation aufgebaut. Wegen seiner Abgeschiedenheit schien mir dieser Platz sehr geeignet. Seit vielen Jahren ist das ganze Gebiet unter Schutz gestellt, und es darf nichts verändert werden. Eingriffe in diese Wildnis sind gesetzlich streng verboten. Kaum ein Mensch kennt diesen Ort, und auch auf Landkarten ist er nicht eingezeichnet. Jetzt, wo wir älter geworden sind, wird unsere Macht schwächer, diesen Ort zu bewahren und vor der langsamen Zerstörung zu beschützen. Es gibt nämlich bedrohliche Pläne, den Schutz aufzuheben. Ein reicher Bauunternehmer aus dem Dorf will einen Windpark bauen, genau in diesem Gebiet. An dieser Stelle soll alles gerodet werden, denn die Stromkabel müssten hier unterirdisch verlegt werden. Sein Einfluss reicht weit hinauf zu den Politikern, die schon auf seiner Seite stehen. Denen geht es um das Geld, das mit der Windenergie verdient werden kann. Dafür soll jedes Hindernis rücksichtslos aus dem Weg geräumt werden. Als meine Frau und ich davon erfuhren, haben wir beschlossen, das nicht zuzulassen. Wir verbündeten uns mit den Geistwesen der Bäume, allen Pflanzen und Tieren hier in der Umgebung, den Wassern und Mutter Erde. Das war ein langer, harter und entbehrungsreicher Weg, bis wir den ersten kleinen Erfolg verspürten. Die Kräfte, die uns nun zur Seite stehen, verhinderten bis jetzt diese üblen Pläne. Doch, wie schon gesagt, unsere Kraft lässt nach und würde mit dem Tod gänzlich versiegen. Darum soll ein geeigneter Nachfolger gefunden werden – und du sollst es sein, haben wir beschlossen. Du würdest dich wundern, wenn ich erzählte, wie gut wir dich mittlerweile kennen. Wir haben dich nicht nur bei deinen Wanderungen genau beobachtet, nein, auch deine Träume, deinen festen Willen, höhere Stufen der Erkenntnis zu erlangen mittels deiner geistigen Kraft, sind uns nicht verborgen geblieben. Einige Kräfte stehen dir schon mit ihrer Macht zur Seite, ohne dass du bisher viel davon gespürt hast. Doch nun erwacht in dir das tiefere Verstehen, was du uns letzte Nacht mit deinem Besuch bewiesen hast. Es würde uns froh und überglücklich machen, wenn du dich entscheiden könntest, unser Anliegen ernst zu nehmen und als Nachfolger, vorerst als Neophyt, als Lehrling und Adept sozusagen, uns beide zu unterstützen."

Nach dieser Erklärung saßen wir eine Weile schweigend da, sahen uns fragenden Blickes an. Ich musste zuvor meine wirren Gedankenströme ordnen, bevor ich eine Antwort herausbrachte:

„Irgendwie eine unglaubliche Geschichte, hätte ich noch vor gar nicht langer Zeit gedacht. Nachdem ich das aber tatsächlich erlebt habe, hier und heute Nacht, kommt mir das doch nicht mehr so abwegig vor. Versprochen, ich will's probieren mit eurer Hilfe."

Der alte Mann nickte zufrieden vor sich hin: „Diese Antwort habe ich insgeheim erwünscht. Schön, dass du uns nicht für verrückt hältst und bereit bist, zu uns zu stehen."

Seine Frau erhob sich behände von ihrem Stuhl, nahm mich in ihre Arme, mit Tränen in den leuchtenden blauen Augen, und flüsterte in mein Ohr:

„Lass dich umarmen, ich bin ja so glücklich."

Und dann, deutlicher zu verstehen, fuhr sie fort: „Eine so lange Ansprache habe ich von meinem Mann schon lange Zeit nicht mehr gehört. Er ist doch eher ein Schweiger, ein Mann der Tat. Aber diese Geschichte hat ihn doch sehr bedrückt, und nun ist alles raus. Wenn du einverstanden bist und morgen Zeit hast, musst du uns besuchen kommen. Du kennst ja den Weg."

Bei der letzten Bemerkung zwinkerte sie mir verschmitzt zu. Der Alte öffnete seine rechte Hand, und ich sah den kleinen rötlich schimmernden Stein, den er mir nun lächelnd in meine linke Hand legte.

„Ein Geschenk für dich, wie versprochen. Er weist dir jederzeit den Weg zu uns, wo immer auch du gerade bist. Trage ihn immer mit dir. Morgen erfährst du wichtige Dinge, und halte dich unbedingt weiterhin an dein Gelübde."

5

Über Nacht war mit gewaltigem Sturm und Unwetter der erste Hauch vom nahenden Herbst über das Land gefegt. Entsprechend wetterfest bekleidet, machte ich mich mit meinem Fahrrad auf den Weg, meine beiden neuen Freunde zu besuchen.

„Schön, dass du dich trotz des stürmischen Wetters aufgemacht hast, uns zu besuchen. Komm schnell herein, und setz dich zu uns an unseren warmen Ofen."

Der Alte führte mich durch die dämmrige Diele in die geräumige Wohnküche. Am bollernden Küchenherd stand seine Frau und brühte gerade eine Kanne Tee auf. Es roch nach Torffeuer und frisch gebackenem Kuchen. Hier schien die Zeit der Moderne vorbeigezogen zu sein. Die gesamte Einrichtung stammte aus längst vergangenen Jahrhunderten, mit Ausnahme der elektrischen Beleuchtung.

„Ist das gemütlich bei euch. Wie alt ist denn dieses Haus?"

„So ungefähr zweihundert Jahre, meine Großeltern haben es eigenhändig erbaut. Überhaupt das erste feste Gebäude in dieser Gegend. Zu damaliger Zeit lebten hier ja nur wenige Menschen. Das moorige Land musste unter unvorstellbaren Mühen urbar gemacht werden, damit ein Überleben möglich wurde. Du kennst sicher den Sinnspruch der Moorkolonisten – dem Ersten der Tod, dem Zweiten die Not, dem Dritten das Brot."

Während die alte Frau das erzählte, servierte sie Tee und Kuchen.

„Ja, den Spruch kenne ich von früher her. Meine Familie lebte auch lange von der Moor- und Waldwirtschaft", antwortete ich.

„So, du sollst endlich unsere Namen erfahren, sonst hältst du uns womöglich für unhöflich", sagte der Alte und deutete lächelnd auf seine Frau.

„Das ist meine liebe Beorc, und meine Freunde nennen mich einfach nur Lagu."

„Mein Name ist Gabor."

„Oh, Gabor. Ein wahrlich schöner alter Name. Stammst du aus einer spirituellen Familie?", wollte Lagu wissen.

„Tatsächlich ging es bei uns recht ungezwungen zu, was das Religiöse betrifft. Ich bin mit der Maxime ‚Frei sei der Geist und ohne Zwang der Glaube' aufgewachsen. Meine Eltern sind Atheisten, glauben aber an eine höhere Macht, die unser aller Schicksal bestimmt. Sie sind sehr naturverbunden, für sie ist das Göttliche in allen belebten und unbelebten Dingen. Und meine Großmutter gab mir ihr Wissen über die heilenden Kräuter und den Respekt vor allem Leben, das da kreucht und fleucht, mit auf meinen Weg. Dafür bin ich ihr ewig dankbar."

Schweigend saßen wir nun am Tisch und ließen uns den Kuchen schmecken. Dabei fiel mir auf, dass der Alte, wenn er zu mir schaute, mich nie direkt ansah, sondern leicht an mir vorbei. Er hatte dabei ein Auge geschlossen, und mit dem anderen blinzelte er durch die halb geschlossenen Augenlider. Mir war klar, dass mein mich umgebendes Energiefeld für ihn so sichtbar wurde und er dadurch mehr über mich erfuhr als ich ihm durch Worte sagen könnte. Zu meiner Verblüffung beantwortete er die Frage, die mich seit unserem letzten Gespräch beschäftigte, noch ehe ich sie überhaupt stellen konnte.

„Ich weiß um deine Zweifel, ob du unser Angebot der Nachfolge wirklich annehmen willst oder kannst. Das verlangen wir auch nicht sofort von dir, nimm dir genügend Zeit, denn es ist eine schwerwiegende Entscheidung. Noch bist du nicht bereit dazu", stellte er nun mit festem Blick an mich gewandt fest.

„Ja, ich habe darüber nachgedacht und bin mir nicht sicher, ob eure Bitte von mir erfüllt werden kann. Irgendwie ist mir die ganze Sache ein wenig unheimlich. Einerseits beschäftige ich mich schon lange mit magischen Praktiken, doch ob mein Weg sich mit eurem trifft, ist mir noch nicht klar. Dazu weiß ich noch zu wenig von euch und kann mir nicht vorstellen, wie ich helfen kann. Mir geht es im Moment darum, meine spirituellen Erkenntnisse in mein Alltagsleben zu integrieren. Mein Kopf strebt nach oben, doch meine Füße sollen in Mutter Erde verwurzelt bleiben. In erster Linie möchte ich meine Unabhängigkeit bewahren und will mich um keinen Preis unterwerfen. Mein Bedürfnis nach einem Meister oder Lehrer ist eher gering, obwohl ich sehr wissensdurstig bin und von euch sicher eine Menge lernen könnte. Verstehe das bitte nicht als Ignoranz oder persönliche Ablehnung."

Lagu hatte ruhig zugehört und entgegnete: „Sehr gut. Deine kritische Einstellung zeigt mir, dass du dir die richtigen Gedanken gemacht hast. Zwischen uns muss Offenheit und aufrichtige Ehrlichkeit herrschen, sonst schwächen wir uns nur gegenseitig. Du solltest deinen Weg aus eigener Kraft finden, anders geht das auch nicht. Mein Angebot an dich verstehe bitte als neutrale Begleitung bei deiner Suche und nicht als direkte Beeinflussung. Obwohl man das eine vom anderen schwer trennen kann, wie du sicher schon aus deiner Erfahrung kennst. Es gibt zu viele suchende Menschen, die meinen, einer der vielen selbsternannten Meister, Gurus, Schamanen oder Lehrer präsentiert ihnen die Erleuchtung oder Lebensvision, ohne dass sie sich selbst anstrengen müssten. Sie hoffen, sie könnten ihre persönlichen Probleme lösen, indem sie sich zum Indianer oder Yogi umformen lassen.

Dabei können wir unsere kulturelle Prägung nie abschütteln, wie sehr wir uns auch bemühen würden. Das ist eben ein Irrweg und führt oft zu tiefer Verstörung des Geistes und raubt die vielleicht tatsächlich schon vorhandenen Kräfte. Meistens geht es dabei um Geld, das sich so manche Heilssucher nur zu gerne aus der Tasche ziehen lassen. Wenn ich sehe, wie manche Menschen, die zutiefst verunsichert sind, nach innerer Ruhe und Stärke strebend, sich dabei von einem vermeintlichen Lehrer zum nächsten weiter reichen lassen, in das nächste Seminar stürzen, ohne dabei auch nur einen einzigen kleinen Schritt weiter zu kommen, viel Geld investieren für nichts – dann steigt kein Mitleid mit denen in mir auf. Nein, sie haben schon ihren ersten Schritt in die falsche Richtung getan, als sie nur zu gern bereit waren, Geld für Wissen zu zahlen. Erleuchtung und die Kraft damit umzugehen kann man nicht kaufen, sondern muss sie sich hart und mit großer Ausdauer erarbeiten. Und das kann ein ganzes Menschenleben andauern."

„Das ist auch meine feste Überzeugung", erwiderte ich. „Bei mir verlief auch nicht alles unproblematisch, und ich habe so manchen Rückschlag verkraften müssen. Doch ich glaube, durch die Bewältigung meiner Krisen dazugelernt zu haben, auch stärker geworden zu sein. Diese Erkenntnisse kann und will ich als

Anregung und Unterstützung an andere Menschen weitergeben. Aber dabei sehe ich mich nie als Lehrer oder Meister, eher als Begleiter. Darin stimme ich mit dir vollkommen überein."

Unserem Gespräch lauschend, hatte Beorc mit einer leichten Handbewegung ein irdenes Gefäß mit einer Kräutermischung auf den Tisch gestellt, entzündete die trockenen Kräuter, und bald durchzogen wohlriechende Rauchschwaden die Wohnküche.

Beorc stellte mir die Frage: „An welchem Punkt deines Weges bist du angelangt. Hat sich dein Kreis schon geschlossen?"

„Noch nicht. Doch wohin mein Weg mich führt, glaube ich zu wissen. Nur klar ausdrücken kann ich das noch nicht. Außerdem spreche ich nicht gerne darüber, bin der Auffassung, wer sehen kann, wird sehen, wer und was ich bin. Der Mensch offenbart sich eher durch seine Taten als durch Worte, die leicht missverstanden werden können."

„Aber ein Meinungsaustausch unter Gleichgesinnten führt doch zu besserem Verständnis der verschiedenen Überzeugungen und Positionen. Ist schon besser, nicht alles auch jedem mitzuteilen, doch sich gänzlich zu verschließen halte ich für falsch, weil dann auch nichts von außen kommendes aufgenommen werden kann. Dabei wird man leicht intolerant und starrsinnig."

„Stimmt schon Beorc. Was ich jedoch meinte, ist, dass ich sehr gerne mit bestimmten Menschen, die mir nahe sind, über spirituelle Themen rede, doch mehr das Grundsätzliche. Alles was meine Übungen und magischen Erfahrungen betrifft, könnte ich schwer in erklärende Worte fassen, und Missverständnisse sind der Feind jeglicher echter Erkenntnis. Da sollte jeder für sich durch eigene Mühe seinen Weg finden. Wonach ich suche, weiß ich dann, wenn ich es gefunden habe."

Beorc nickte zustimmend, diese Meinung konnte sie wohl akzeptieren. Sie begann in der Tischschublade nach etwas zu suchen. Etliche Dinge beförderte sie zutage, etwa ein kleines zerfleddertes Notizbüchlein, eine Schere, Nadeln, bunte Glasperlen und einen schönen Stoffbeutel.

„Soso, ein Geheimniskrämer", stellte sie lachend fest. „Das gefällt mir. Und wie wirkt sich das auf deine Beziehung aus. Du lebst doch mit einer Frau zusammen?"

„Tja, manchmal schon etwas kompliziert. Aber wir sehen uns so selten durch ihren Beruf. Sena lebt in einer mir so fremden Welt, und unsere Beziehung besteht wohl nur noch, weil jeder sein eigenes Leben führen kann. Meistens ist sie froh, wenn zu Hause eine harmonische Atmosphäre zwischen uns herrscht."

Wortlos lächelte Beorc in sich hinein. Sie nahm meine rechte Hand und eine Hand von Lagu. Auch er fasste meine noch freie

Hand, und wir bildeten einen geschlossenen Kreis. Wo meine Hände die ihren berührten, verspürte ich anfangs ein leichtes Kribbeln, als ob elektrischer Strom von ihnen zu mir flösse. Sie begannen nun leise ein Lied zu singen, ohne verständliche Worte, nur melodische Lautmalerei. Ein angenehmes Gefühl der inneren Ruhe stieg in mir auf, und der betörende Duft der rauchenden Kräuter trug wohl auch dazu bei, dass ich bald in einen trance-artigen Zustand geriet. Vor meinem inneren Auge sah ich leicht verschwommen die alte Mooreiche und in ihrem knorrigen Geäst den bunten Eichelhäher. Von ihm vernahm ich die Worte:

„Sei klug, bleibe dir treu. Schütze diesen Baum.

Trete durch diese Tür, und eins werdet ihr."

Dabei stand ich vor der verwunschenen Holzhütte, und ihre morsche Tür öffnete sich langsam. Zu erkennen waren zwei liebliche weibliche Wesen, die auf mich zu schwebten. Sie nahmen mich in ihre Mitte, und gemeinsam fingen wir an zu tanzen, wobei wir immer höher in die Lüfte stiegen.

Ein zutiefst beglückendes Gefühl und nie zuvor gespürte Stärke machten sich auf, mich alles vergessen zu lassen, was mich bedrückte, wischten alle meine Zweifel fort, und was blieb, war ein helles Licht.

Ja, alles bestand nur noch aus Licht.

Übergangslos fand ich mich am Tisch sitzend wieder, und die beiden Alten saßen still mit geschlossenen Augen neben mir. Wir ließen unsere Hände los, und Beorc sprach an mich gerichtet mit leiser Stimme: „Meine Ahnen haben dich in ihre Mitte aufgenommen. Hast du die Liebe gespürt, die sie für dich empfinden?"

„Oh ja, das habe ich."

Nun reichte Beorc mir mit ernstem Gesichtsausdruck den kleinen, mit bunten Glasperlen und farbigen ornamentartigen Stickereien verzierten Stoffbeutel. Sie hielt ihn in den aufsteigenden Rauch, der noch immer dem irdenen Räuchergefäß entwich, murmelte dabei einen Vers in ihrer geheimen gesungenen Sprache. Und auch Lagu nahm ihn, schwenkte ihn durch den Rauch, dabei einige für mich unverständliche leise Worte murmelnd.

„Nimm nun als Geschenk von uns diesen Medizinbeutel. Verwahre in ihm deinen Kraftstein und die Vogelfeder. Dazu deinen persönlichen Talisman und andere wichtige kleine Dinge, die bei deiner Suche eine Bedeutung haben. Ich lege jetzt noch einen Zweig frischen Salbei hinein, der wird alle Dinge im Beutel mit positiver Energie schützen. Trage ihn immer mit dir."

Erfreut nahm ich dieses geweihte Geschenk entgegen und befestigte es an meinem Gürtel.

Nun sprach ich ein anderes wichtiges Thema an:

„Gibt es Neuigkeiten vom Windpark?"

„Ja Gabor. Es hat sich eine Menge getan. Eine Gruppe von empörten Menschen aus der Umgebung hat sich zusammengetan, um den Baubeginn zu verhindern. Nächste Woche soll eine Versammlung abgehalten werden. Dazu sind auch der Bürgermeister, Fachleute von der Naturschutzbehörde und der Bauunternehmer aus unserem Dorf eingeladen. Wir werden daran teilnehmen, weil es dabei ja auch um unser Grundstück geht, das wir gegen unseren Willen hergeben sollen. Du solltest das nicht verpassen, wird bestimmt aufregend für die hohen Herren, denn mit Widerstand haben sie nicht gerechnet."

„Da werde ich unbedingt auch erscheinen. Wo und wann findet die Versammlung denn statt?"

„Montag um zwanzig Uhr im Dorfgemeinschaftshaus."

Gerade wollte ich mich verabschieden, da klopfte es an der Haustür, und Beorc erhob sich flink um zu öffnen und sagte erfreut:

„Gabor, bleib noch ein wenig bei uns, dann kannst du Ulmar, unsere Tochter, kennenlernen."

Eine junge Frau, etwa Mitte dreißig, lange dunkle Haare, die schönen strahlend blauen Augen ihrer Mutter, in Jeans, Gummistiefeln und schwarzer abgewetzter Lederjacke, auf dem Kopf eine blaue Strickmütze, betrat die Küche.

Eine aparte Person, stellte ich auf den ersten Blick fest. Nach ihr stürmte ein großer Hirtenhund mit langem zotteligen Fell herein, der sich sofort unter den Küchentisch legte, ohne mich auch nur im geringsten zu beachten.

„Hallo ihr Lieben. Oh, wir haben Besuch", meinte sie, mich aufmerksam betrachtend, während sie sich zu uns setzte.

„Das hier ist Gabor, er wohnt in der Nachbarschaft. Wir haben uns im Moor getroffen und gleich Freundschaft geschlossen. Er ist auch wirklich ein sympathischer Mensch", erklärte Beorc ihr.

Ulmar schenkte sich Tee in einen Becher und schaute mich fragend an.

„Wohnst du drüben in dem alten Bauernhaus mit Sena zusammen?"

„Ja, mit Chun und Pep. Seit ungefähr drei Jahren wohnen wir dort."

„Ach, so ist das. Chun ist doch Sängerin, die hab ich mal bei einem Konzert gehört, echt tolle Stimme. Und Sena hab ich da auch kennengelernt. Aber dich sehe ich hier zum ersten Mal, oder?"

„Stimmt. Ich lebe ziemlich zurückgezogen. Zu Konzerten bin

ich schon ewig nicht mehr gegangen. Freut mich aber, dass wir uns einmal kennenlernen."

„Ja, mich auch. Interessiert dich Musik nicht?"

„Im Grunde schon. Habe ja selbst viele Jahre als Musiker gearbeitet und bin viel herumgekommen. Das waren aufregende Zeiten, und nun finde ich es schön, in der ruhigen Natur zu leben. Das ist Balsam für meine strapazierten Ohren. Für Chun schreibe ich ab und an Texte und kümmere mich mit um das Bandmanagement. Damit verdiene ich momentan meinen kargen Lebensunterhalt, mehr schlecht als recht."

„Dann bist du ja so was ähnliches wie ein Dichter. Ich schreibe auch Gedichte und kleine Geschichten. Möchtest du mal was von mir lesen?"

„Oh ja, sehr gerne. Von mir aus jetzt gleich."

„Dann komm man gleich mit in meine Höhle, oder wollt ihr noch etwas besprechen?"

Lagu und ich sahen uns an, und Beorc meinte: „Geht ruhig. Ulmar freut sich doch immer, wenn sie jemandem ihre Geschichten vorlesen darf. Wir sehen uns dann hoffentlich nächsten Montag auf der Versammlung."

Die beiden Alten lächelten sich versonnen zu, während Ulmar und ich die Küche verließen.

49

6

In der obersten Etage des Hauses angelangt tat sich eine andere Welt auf. Eine weitläufige Wohnung, modern eingerichtet und lichtdurchflutet. Ein riesiger Wohnraum, ein aus Natursteinen gemauerter offener Kamin, klobige freiliegende Deckenbalken, überquellende Regale voll mit Büchern, unaufgeräumter Schreibtisch, großzügige grünfarbene Sitzgarnitur, gerahmte Landschaftsmotive an den Wänden, große Sprossenfensterfront mit Blick über den Garten zum Wald hinüber, eine gläserne Doppeltür führte hinaus zum Balkon.

„Mach's dir gemütlich, fühl dich wie zu Hause. Ich muss unbedingt aus den nassen Klamotten raus."

Ulmar entledigte sich nun ungeniert ihrer Kleidung und lief in Unterwäsche zum Kamin, setzte ein paar dicke Holzscheite in Brand, die knisternd und laut krachend bald ihren flackernden Lichtschein in den Raum warfen, und sie begann suchend auf dem Schreibtisch in einem Haufen von Papieren zu wühlen.

„Hier, nun kannst du meine kleinen Gedichte lesen. Möchtest du auch ein Glas Wein?"

„Da sag ich nicht nein, zu Gedichte lesen passt ein Gläschen Wein sehr gut. Noch schöner fände ich es, wenn du mir vorlesen würdest."

Gemütlich am knisternden Kaminfeuer auf einem flauschigen Teppich liegend, lauschte ich ihren Gedichtvorträgen. Mit angenehmer, ausdrucksstarker Stimme erzählte sie von Liebesleid und gebrochenen Herzen. Nach jedem Gedicht sah sie mich fragend an, aber ich konnte nichts sagen, wollte die melancholische Stimmung nicht durch meine Bemerkungen vertreiben, war gefangen in ihren romantischen Versen.

„So, das waren meine Liebesgedichte. Du bist der erste, der sie gehört hat. Hoffentlich lachst du mich jetzt nicht aus. Einige sind doch sehr kitschig, oder?"

„Aber überhaupt nicht. Große Gefühle können gar nicht kitschig sein, besonders wenn sie in so schönen Reimen gesagt werden. Doch das eine hat mir besonders gefallen, wo es um das enge Beisammensein von Hass und Liebe geht, die Wunden der letzten Jahre, die noch nicht vernarbt sind. Sicherlich deine Wunden, oder?"

„Oh, das freut mich, dass gerade das dir gefällt", erwiderte Ulmar leicht errötend. „Das ist nach meiner letzten gescheiterten Beziehung entstanden. Die Wunden sind noch nicht vernarbt, stimmt."

„Hab ich mir gedacht, dass du viel selbst Erlebtes in deinen Gedichten schilderst. An deiner Stimme und deinem Gesichtsausdruck hab ich das ablesen können."

„Anders kann ich keine Gedichte schreiben, muss schon um meine tiefsten Gefühle gehen. Wie ist das denn bei dir?"

„So ähnlich. Ich schreibe hauptsächlich über Natur und ihre magischen Momente. Und die Schwächen der Menschen versuche ich auch in Versform darzustellen."

„Würde ich bei Gelegenheit gerne von dir hören. Wie wär's, wenn wir uns bald wieder träfen und du mir aus deinen Werken vorliest. Ich mag dich, weil du so schön geduldig zuhören kannst. Da trau ich mich, fast alles zu sagen. Solche Menschen wie dich kenne ich leider nur wenige."

„Ich mag dich auch, obwohl wir uns doch gerade erst kennengelernt haben. Das hat wohl mit Seelenverwandschaft zu tun. Beim nächsten Besuch bring ich meine Gedichte mit, versprochen."

Ulmar lag auf dem Sofa, sich wohlig räkelnd, sah mich geheimnisvoll lächelnd an: „Bist du eigentlich fest mit Sena zusammen?"

„Wenn ich das nur wüsste. In letzter Zeit haben wir uns kaum noch gesehen. Sie hat ja auch eine kleine Wohnung in der Stadt, wegen ihrer Schichtarbeit. Geliebt haben wir uns einst schon, doch was ist davon geblieben? So richtig zusammengewohnt haben wir eigentlich nie. Sie wollte auch immer ihre Unabhängigkeit behalten, genau wie ich. Deshalb verstehen wir uns so gut. Wie beste Freunde, würde ich sagen. Und du, hast du einen festen Partner?"

„Nein, nicht mehr. Wir haben uns vor vier Wochen getrennt. Er ist Leiter eines Autohauses, viel Geld, eigenes Haus und so weiter. Ich sollte unbedingt zu ihm in die Stadt ziehen, doch das kam für mich nicht in Frage. In der Stadt gefällt es mir schon rein gefühlsmäßig überhaupt nicht. Ich liebe das einfache und ruhige Landleben über alles, darum zieht es mich immer wieder hierher zurück. Während des Studiums wohnte ich vorübergehend in einer Wohngemeinschaft, auch sehr ländlich, das brauche ich einfach so. Also werde ich hier wohnen bleiben und mich um meine Eltern kümmern, sie versorgen, wenn sie das einmal selbst nicht mehr können. Mein Freund konnte das nicht akzeptieren, daran ist unsere Beziehung letztendlich zerbrochen. Da habe ich erkannt, wie egoistisch und kaltherzig er in Wirklichkeit ist. Bei ihm dreht sich alles nur um Geld, das ist sein Lebenssinn. Soviel Geld wie nur möglich einzusacken, das hat mich zuletzt richtiggehend angeekelt. Nun bin ich froh, dass es vorbei ist. Meinen Eltern verdanke ich so unendlich viel, mein Biologiestudium zum Beispiel. Und wenn sie auch ein wenig wunderlich geworden sind, so würde ich sie doch nie im Stich lassen."

„Ein bisschen wunderlich sind die schon, aber dabei doch ganz liebe Menschen. Bevor ich einen Menschen beurteile, halte ich mich an ein mir lieb gewordenes altes indianisches Sprichwort, das da sagt: ,Urteile nicht über jemanden, bevor du einige Monde in seinen Mokassins gelaufen bist'. Sag mal, sind ihre Namen tatsächlich Beorc und Lagu?"

Ulmar lachte laut auf und erklärte mir: „Nein, natürlich nicht. Das sind ihre Pseudonyme, die benutzen sie bei ihrer magischen Arbeit. In Wahrheit heißen sie Gunhild und Rolf von der Vath. Was haben die eigentlich vor mit dir? Erzählt haben sie mir noch nichts. Aber ich hab mitbekommen, dass ihr heute eine Zeremonie abgehalten habt. War ja deutlich zu riechen."

„Es geht um die Hütte im Moor. Wie du sicher schon gehört hast, soll doch ein Windpark gebaut werden, und dann würde im Moor wohl das Stromkabel verlegt werden. Deine Eltern haben die Befürchtung, dass dann die Hütte abgerissen wird – und noch viel schlimmer, der alte Seelenbaum würde gefällt. Sie wünschen, dass ich sie bei ihrer magischen Arbeit unterstütze, um das zu verhindern. Mehr kann ich dir noch nicht sagen, ich habe ein Gelübde abgelegt."

„Ja, das würde meinen Eltern das Herz brechen. Sie sind davon

überzeugt, dass im Baum die Seelen meiner Groß- und Urgroß-
mutter hausen. Ich glaub das eher nicht, aber wer weiß? Dein Gelübde muss ich wohl respektieren, doch meine Mutter hat mich
eingeweiht. Ich soll in ihren Spuren wandeln, wenn die Zeit dazu
gekommen ist. Noch bin ich lange nicht soweit. Das wird eines
Tages ein schweres Erbe sein, welches mir aufgebürdet wird, und
ob ich das tatsächlich antreten kann, werde ich sicher erst dann
wissen. Noch bin ich mir unsicher, und meine Mutter versucht so
gründlich wie nur möglich, mir ihr Wissen zu vermitteln. Meine
Großmutter hat schon damit begonnen, als ich noch ein kleines
Kind war. Sie hat mich oft mitgenommen zum Kräutersammeln
und mir wunderschöne uralte Lieder vorgesungen. Dann waren
wir so manchen Tag von Sonnenaufgang bis Sonnenuntergang
unterwegs in der freien Natur. Jedes Kraut, jeden Baum und
welche Kräfte in ihnen schlummern hat sie mir erklärt, obwohl
ich vieles damals natürlich noch gar nicht verstehen konnte, ich
war ja noch ein kleines Kind. Aber es hat sich alles in meinen
Seelentiefen angesammelt. Sie war eine bekannte Heilerin in dieser Gegend und von allen respektiert. Das erklärt sicher auch,
dass ich mich schließlich für das Biologiestudium entschieden habe. Wir beide dürfen uns jedenfalls über alles unterhalten. Falls
du Angst hast dein Gelübde zu brechen, frage meine Eltern noch

einmal danach, mit wem du nicht über eure Pläne reden darfst. Doch sei auf der Hut! Es kann gefährlich werden, die übersinnlichen Kräfte anzurufen. Vor allem, tu es anfangs bitte niemals allein."

Ulmar hatte sich nun zu mir auf den Teppich gelegt, sah mir fest in die Augen und hauchte einen zarten Kuss auf meine Wange: „Komm bald wieder. Ich mag dich wirklich sehr."

Ich war ganz überrascht von ihrer plötzlichen Zärtlichkeit und Nähe, konnte nur verlegen stammeln: „Oh ja, ich komme gerne bald wieder. Ich finde dich sehr sympathisch, vielleicht auch schon ein wenig mehr als das."

Ulmar umarmte mich und wir küssten uns. War sie etwa verliebt in mich? Wir lagen noch einen Moment zusammen, bis sie plötzlich aufstand, uns Wein nachschenkte und in sachlichem Tonfall meinte: „Also, dass wir uns nicht falsch verstehen. Ich will noch keine neue Liebesbeziehung, muss erst meine letzte verarbeiten. Was sich zwischen uns entwickelt, werden wir sehen. Doch eines weiß ich jetzt schon. Zwischen uns wuchs ein starkes Band, gleich von dem Augenblick an, als ich dich das erste mal sah. Doch du lebst mit Sena zusammen, und da will ich mich nicht zwischendrängen."

Meine Gefühle fuhren Achterbahn. Einerseits ein angenehmes

Prickeln, ein jauchzendes Herz – aber weitere Komplikationen in Liebesangelegenheiten wollte ich mir nicht unbedingt aufladen. Mit Sena hatte ich ja gerade genug Probleme, die noch auf eine Lösung warteten. Ulmar erwartete sicher Aufrichtigkeit von mir, und so überlegte ich genau, bevor ich antwortete: „Meine Beziehung mit Sena ist momentan ziemlich unbefriedigend. Wir haben uns kaum noch etwas zu sagen und sehen uns fast nur an den Wochenenden. Damit sind wir natürlich beide unzufrieden, doch eine Änderung ist nicht in Sicht. Ich weiß wirklich nicht, wie es weitergehen kann mit uns. Seit einiger Zeit habe ich das Gefühl, es läuft wohl doch auf eine Trennung hinaus. Und nun lerne ich dich überraschenderweise kennen und spüre genau wie du, dass es eine starke Anziehungskraft zwischen uns gibt. Wir sollten damit natürlich und entspannt umgehen, vor allem versuchen, aufrichtig zueinander zu sein. Und Geduld in der Liebe kann auch nie falsch sein."

Wir erhoben uns, noch ein freundschaftlicher Abschiedskuss, und ich ging frohen Herzens.

7

„**H**eute hätte ich Lust auf eine Wanderung. Du wolltest mir doch deinen geheimen Ort zeigen", drängte Sena mich mein Versprechen einzulösen.

„Ja, aber nur, wenn du mir fest versprichst keinem zu verraten, wo der Platz sich befindet", forderte ich.

„Ist gut. Ehrenwort, ich werde nichts davon erzählen, wer auch immer mich fragen sollte", erwiderte sie mit verschwörerischer Miene.

Im Moor, am Trampelpfad zur alten Hütte angelangt, wurden wir vom lauten Geplapper des Eichelhähers begrüßt.

„Oh, hör mal. Was für ein frecher Vogel, fühlt sich wohl gestört in seinem Revier. Und wie schön bunt er ist", stellte Sena begeistert fest.

„Der ist mir inzwischen zum guten Freund geworden. Dass du nun mit mir hier bist ärgert ihn wohl. Aber nun sei bitte ganz still, sonst fühlen sich die Geister in ihrer Ruhe gestört."

„Wo sollen hier denn Geister sein. Willst du mir Angst machen?"

„Warte nur ab. Hier, nimm meinen Schutzstein."

Sie betrachtete überrascht den schönen Sichelstein, nahm ihn in ihre Hände.

„Wo hast du denn diesen schönen Stein gefunden?"

„Den hat mir dieser bunte Vogel geschenkt, als ich vor einiger Zeit diesen Ort entdeckte. Ich weiß, das alles hört sich für dich womöglich lächerlich an, aber so war es wirklich."

Sena schaute mich skeptisch an: „Also, nun bist du wohl komplett übergeschnappt. Geister und ein Vogel, der Steine verschenkt. Du warst in letzter Zeit wohl zu viel allein, wirst langsam wunderlich."

„Die letzte Zeit erlebe ich tatsächlich wundersame Sachen, doch ich kann es dir nicht erzählen, da ich ein Gelübde abgelegt habe. Wenn du das inakzeptabel findest, kehren wir sofort um."

„Nun sei doch nicht gleich beleidigt. Wem hast du denn ein Gelübde gegeben und warum in Gottes Namen?"

„Schon gar nicht in Gottes Namen. Der hat damit nichts zu tun. Vor mir selbst habe ich das Gelübde abgelegt. Irgendwann erkläre ich dir das genauer, alles zu seiner Zeit."

Der Pfad war nach dem kräftigen Regen der letzten Tage recht sumpfig, an einigen Stellen gar ganz unter Wasser, und nur Dank unserer Gummistiefel konnten wir überhaupt trockenen Fußes die Hütte erreichen. Mit vor Staunen offenem Mund stand Sena dann wie angewurzelt da, als sie die Moorhütte erblickte.

„Was ist das für ein unheimlicher Ort", war alles, was sie bei dem Anblick flüsterte. Anfangs sträubte sie sich ein wenig die Hütte zu betreten, nachdem ich die morsche Tür mühsam geöffnet hatte. Sie umklammerte meine Hand und folgte mir nur zögernd. Um Licht einzulassen öffnete ich die Fensterluke. Es herrschte trotzdem nur ein stumpfes Zwielicht, und der Raum wirkte trist und bedrückend. Am Tisch sitzend sahen wir uns eine Weile schweigend an, bis ich mit verhaltener Stimme anfing ihr zu erklären: „Dieses hier ist ein heiliger Ort. Voller Geheimnisse und verwunschen. Diese alte Mooreiche hier ist ein Seelenbaum." Sena erhob sich und berührte ehrfurchtsvoll die schorfige Borke. Plötzlich fing sie an zu zittern und setzte sich hastig wieder an den Tisch.

„Wirklich merkwürdig. Der Stein in meiner Hand ist immer wärmer geworden. Als ich den Baum berührte, hörte ich Frauenstimmen in meinem Kopf. Sie wollten mich wohl vor irgend etwas warnen, aber ich konnte das nicht genau verstehen. Lass uns sofort gehen, dieser gespenstische Ort macht mir Angst."

„Aber Sena. Du brauchst dich vor nichts zu fürchten. Verhalte dich ruhig und respektvoll, dann kann dir nichts geschehen. Versuche dich zu entspannen, dann wirst du merken, wie viel positive Energie der Baum auch dir geben kann."

Ich fasste sie behutsam bei den Händen, doch Sena wurde immer unruhiger und konnte sich nicht entspannen.

„Ich habe das Gefühl, dass mich die ganze Zeit irgendwelche unheimlichen Wesen anstarren. Wir sollten jetzt lieber gehen, mir wird schon übel von diesem Modergeruch."

„Ich könnte einige Kräuter verbrennen, das würde sicher helfen", bot ich an und suchte nach der Kräuterdose und dem Räuchertöpfchen.

„Lieber nicht, mir reicht's auch so."

Enttäuscht gab ich es auf, Sena für diesen Ort zu erwärmen. Nachdem ich unter ihren skeptischen Blicken zum Abschied den Baum auch noch umarmte, schüttelte sie verständnislos den Kopf und gab mir wortlos meinen Sichelstein zurück. Mir kam der Gedanke, dass es wohl ein Fehler war mit Sena hierher zu kommen. Hatte ich damit nicht auch möglicherweise mein Gelübde gebrochen?

Als wir später gemeinsam unser Abendessen vorbereiteten, ergab sich eine hitzige und tiefschürfende Diskussion.

„War ja schön, dass du mir die alte Hütte gezeigt hast, aber ich verstehe nicht, was dich da hinzieht. Nur der Baum, der hat tatsächlich eine merkwürdig geheimnisvolle Ausstrahlung auf mich gehabt. Aber Seelen die darin wohnen sollen? Das halte ich nun doch eher für überspannte Spökenkiekerei. Na ja, wer's glaubt wird selig. Nun erzähl doch mal, womit hast du dich in letzter Zeit sonst noch beschäftigt."

„Im Moment studiere ich, wie man seine spirituellen Erkenntnisse in das Alltagsleben integrieren kann. Das ist schwieriger als ich dachte."

„Zwischen uns ist eine Distanz entstanden, sehen wir uns zu selten?"

„Mag sein, dass wir uns auseinandergelebt haben. Liebe Menschen haben mich um Mithilfe gebeten bei einem Kampf, der auch in anderen Sphären ausgetragen wird als nur in der irdischen Realität. Ob ich mich tatsächlich darauf einlassen werde, ist mir noch nicht richtig klar geworden."

„Du sprichst in Rätseln. Worum soll denn gekämpft werden und mit wem hast du dich verbündet."

„Nur soviel – es geht um einen geplanten Windpark, fast vor unserer Haustür. Auch die alte Hütte und der Baum sollen dann verschwinden. Die Besitzer haben mich um Unterstützung gebeten, um das zu verhindern."

„Wer sind denn die Besitzer?"

„Die Eltern von Ulmar."

„Was, die beiden alten Hexen! Überlege dir genau, worauf du dich da einlässt. Ulmar hab ich mal getroffen, die ist wirklich nett, aber ihre Eltern sind mir nicht so ganz geheuer. Da kursieren Gerüchte über seltsame okkultistische Rituale, die sie abhalten. Also, ich will von der Geschichte nichts mehr hören. Das ist frevelhaft, ketzerisch und heidnisch, absoluter Aberglaube und Blasphemie. Früher endeten solche Menschen meist auf dem Scheiterhaufen", ereiferte sich Sena.

„Diese unmenschlich brutalen Zeiten sind ja glücklicherweise vorbei. Wovor hast du eigentlich solche Angst?"

„Ich habe überhaupt keine Angst. Aber dieser Hokuspokus ist doch auch nicht ungefährlich. Dabei ist schon so mancher in der Psychiatrie gelandet. Das ist kein Spiel, wenn man an solche Leute gerät wie Ulmars Eltern, diese unberechenbaren Okkultisten. Passe bitte gut auf dich auf. Gabor, sei wachsam!"

„Also, ich finde, das sind sehr liebe und nette Menschen. Vorgestern habe ich sie besucht, und wir haben eine sehr ernsthafte Diskussion über Spiritualität und die Suche nach Erkenntnis geführt. Du weißt doch genau, wie mich dieses Thema interessiert. Habe doch oft zu dir gesagt, wer nichts weiß, muss alles glauben. Bei der Gelegenheit habe ich auch Ulmar kennengelernt."

Nachdenklich schaute Sena mich an, als sie diesen Namen hörte.

„Soso. Du musst ja wissen, was du tust. Doch mich halte da bitte raus. Gottlob habe ich ja eine Wohnung in der Stadt, falls ihr mir auf die Nerven geht. Ich werde für euch beten, mehr kann ich wohl nicht tun. Du wirst noch an meine Worte denken, aber wenn du abrutscht von Gott und Hilfe benötigst, brauchst du bei mir nicht angekrochen zu kommen!"

Sena hatte bei meiner Erwähnung, Ulmar getroffen zu haben, ziemlich verärgert reagiert. Ich wusste, dass Sena sehr fromm und gottesfürchtig ist, doch mit solch einer vehement ablehnenden Reaktion hatte ich nicht gerechnet. Bis jetzt konnten wir uns über Themen wie Glaube, Religionen, Toleranz gegen Andersgläubige und Respekt vor den unterschiedlichsten persönlichen Weltanschauungen ohne heftige Streitereien austauschen. Doch nun tat sich eine scheinbar überwindbar tiefe Schlucht zwischen uns auf.

„Das nenne ich wahre Christenliebe", entgegnete ich „wenn du so daher redest, könnte man meinen, du misstraust deinem ach so lieben und übermächtigem Gott. Ist er nicht auch den scheinbar Ungläubigen gegenüber gnädig, ja gerade die sind ihm doch besonders wichtig."

„Hör doch auf. Du machst es dir zu einfach. Denkst du, wenn er sieht, wie du dich mit Ungläubigen einlässt und dabei zu Schaden kommst, hilft er dir wieder auf den rechten Weg?"

„Da halte ich es eher mit dem Spruch, hilf dir selbst, dann hilft dir Gott. Aber wenn ich mir selber helfen kann, wozu brauche ich dann überhaupt noch Gott?"

„Ach, nun geht das wieder los. Haben wir doch schon zigmal vergebens durchdiskutiert. Ich denke, wenn wir jetzt nicht bald ein anderes Gesprächsthema finden, zerstreiten wir uns nur hoffnungslos."

„Gut, dann beenden wir jetzt dieses Gespräch. Deine Halsstarrigkeit lässt auch keine faire Diskussion zu."

Nun wurde Sena ungehalten, und ärgerlich mit ihren Armen durch die Küche fuchtelnd, schrie sie: „Das ist unfair von dir. Ich gehe mit ins Moor, höre mir deine unglaublichen Märchen an, versuche, dir bei deinen Schwierigkeiten zu helfen, ja sogar beten will ich für dich. Aber du nimmst mich nicht ernst. Undankbarer Schuft!"

Ich verzichtete auf eine Erwiderung, und frostiges Schweigen machte sich breit.

Uns war der Appetit vergangen. Sena verließ die Küche und kramte unter lautem Gefluche in ihrem Zimmer herum. Dann stand sie mit ihrer gepackten Reisetasche in der Tür und meinte, nun wieder gefasst: „Es ist wohl besser für uns, ich fahre zurück in die Stadt. Das mach ich hier nicht mehr länger mit, so ein spiritistischer Firlefanz. Sieh zu, wie du klar kommst. Grüße deine liebe Ulmar und die Hexen von mir."

Bei der letzten Bemerkung verzog sie süßsäuerlich ihren Mund und starrte mich aus feurig glühenden Augen wutentbrannt an. Sie verabschiedete sich kühl und ging.

Nachts schreckte ich aus unruhigem Schlaf schweißgebadet auf. Ein Alptraum quälte mich. Unter einem Weidenbaum im Garten, am Ufer des kleinen gewundenen Baches, hatte ich vor zwei Jahren meine verstorbene Lieblingskatze begraben. Im Traum nun habe ich in mondheller Nacht ihre verblichenen Knochen mit meinen bloßen Händen ausgegraben. Den grauen, mit faulig riechender Erde gefüllten Katzenschädel in der Hand haltend, verwandelte dieser sich langsam in Senas weinendes Antlitz. Aus den Augenhöhlen starrten mich ihre feurigen Augen an, und blutrote Tränen liefen unablässig die fleischlosen, staubtrockenen Wangenknochen hinunter. Ich fing die heißen Tränen mit meinem Mund auf. Dabei verwandelten sie sich in kleine funkelnde Steinchen, die zwischen meinen Zähnen knirschten.

8

Schon im Eingangsbereich herrschte drangvolle Enge. Stimmengewirr und Gelächter erfüllte meine Ohren. Ich kämpfte mich durch die Menschenmenge in das kleine Café und kaufte mir an der Theke einen Kaffee. Mit suchenden Augen entdeckte ich an einem der Tische sitzend Ulmar und ihre Eltern. Sie waren in ein Gespräch mit dem Tierarzt aus unserem Dorf vertieft.

„Hallo Gabor. Schön, dass du auch gekommen bist", freute Ulmar sich.

„Hallo Ulmar, hab euch kaum finden können in dem Gedränge."
Ich begrüßte nun auch die anderen und setzte mich zu ihnen.

„Wir haben uns gerade über die traurigen Vorkommnisse in letzter Zeit unterhalten", teilte Beorc mir mit.

„So, was ist denn passiert?", wollte ich wissen.

„Stell dir vor, der Bauunternehmer hatte einen schweren Herzanfall. Der hat einige Schicksalsschläge nicht verkraften können. Am besten ist wohl, Gerd erzählt dir das noch mal kurz", meinte Ulmar.

„Ja, es hat ihn hart getroffen, unseren Baulöwen", begann Gerd mit ernstem Gesichtsausdruck zu berichten.

„Eine wirklich tragische Geschichte. Sein jüngster Sohn ist vorgestern gestorben. Aber nicht eines natürlichen Todes, war ja auch erst sechzehn Jahre alt und kerngesund. Es soll wohl einen heftigen Streit gegeben haben zwischen ihm und seinem Vater. Kommt ja in den besten Familien mal vor, eigentlich nichts Ungewöhnliches. Nur die traurige Konsequenz der Auseinandersetzung hierbei ist der Tod des Sohnes gewesen. Das Unfassbare ist, dass er in der Nacht das Gewehr seines Vaters genommen hat und damit in den Wald verschwunden ist. Die gesamte Familie hat ihn verzweifelt die ganze Nacht über gesucht, er wurde dann auch irgendwann im Morgengrauen von der Mutter gefunden, aber da war er schon tot. Hat sich selbst erschossen mit der Jagdflinte. Die Mutter liegt immer noch im Krankenhaus mit einem Nervenzusammenbruch, geht ihr sehr schlecht. Der Vater ist ja bekanntlich ein zäher Hund und wird zu Hause von seinem Hausarzt, der ein guter Freund von mir ist, behandelt. Mittwoch soll der Junge beerdigt werden."

Wir saßen nun schweigend und bedrückt am Tisch. Ich war wirklich tief betroffen von dieser Mitteilung. Der Bauunternehmer ist zwar ein unausstehlicher Mensch, hartherzig, arrogant und geldgierig, aber so eine Tragödie wünscht man wohl nicht einmal seinem ärgsten Feind.

„Sind denn die näheren Umstände bekannt, worum es bei dem Streit ging", fragte Lagu mit trauriger Stimme.

„Dazu kann ich nur wenig sagen. Aber grundlos geht so ein junger Mensch doch nicht in den Wald, um sich zu erschießen. Wahrscheinlich ging es um Grundsätzliches, denn der Junge wollte nicht die Ausbildung machen, die sein Vater von ihm verlangte. Er sollte im elterlichen Baugeschäft eine Lehre als Kaufmann machen, weil er später einmal den Betrieb weiterführen sollte. Er wollte aber lieber sein Abitur machen und dann Kunst studieren. Ist ja ein völlig anderer Typ Mensch gewesen als sein Vater. Viel weicher und verträumt noch dazu, hat gut gemalt und Geige gespielt. Die beiden haben sich in letzter Zeit ständig gestritten, und Schläge hat der Vater wohl auch häufig ausgeteilt, ist doch allseits bekannt seine Aggressivität. Man könnte meinen, die autoritäre Unnachgiebigkeit und Verständnislosigkeit vom Vater hat den Jungen in den Tod getrieben. Die älteren Geschwister haben schon früh das Elternhaus verlassen. Die beiden Schwestern haben eigene Familien und kommen nur noch selten zu Besuch. Letzte Weihnachten hab ich die zuletzt gesehen, in der Kirche. Der andere Sohn will mit seinem Vater wohl auch nichts mehr zu tun haben."

„Da sieht man's wieder. Auch eine wohlhabende und einflussreiche Familie wird vom Schicksal nicht verschont. Glück und Zufriedenheit kann man eben nicht kaufen", stellte Ulmar fest.

„Wenn man bedenkt, dass der Vorsitzender im Gemeinderat ist und leitendes Kirchenkreismitglied, fragt man sich doch, ob es immer nur die übelsten Charaktere sind, die in solche Ämter aufsteigen", äußerte ich sarkastisch.

„So ist das eben unter uns Menschen in dieser Gesellschaft. Die heuchlerischen Scheinchristen sitzen in führenden Positionen, egal wo man auch hinschaut. Verhalten tun sie sich wie Gott selbst und werden dafür auch noch bewundert von den anderen Menschen, die zu schwach sind, sich dagegen aufzulehnen. Das einzige, was wirklich interessiert, ist Geld und Macht. Wie sagte schon Martin Luther so treffend: ‚Der Teufel scheißt immer auf den größten Haufen‘. Also, wenn es wirklich einen Gott geben sollte, dann wohl auch den Teufel. Und mit dem haben sich solche Mitmenschen verbündet, haben ihm ihre Seele verkauft. Dafür werden sie mit irdischem Hab und Gut belohnt, aber der Preis ist sehr hoch, für manche zu hoch. So sehe ich diese traurige Geschichte", sagte Lagu mit leiser Stimme.

„Ja, so ähnlich sehe ich das auch", meinte zustimmend Gerd, der Tierarzt.

„Und dazu kommt noch, dass der bekennender Kalvinist ist.

Die sind ja besonders erfolgsorientiert und fühlen sich als die wahren Auserwählten vor Gott. Meiner Meinung nach sind das alles Kriminelle, die sich nur um ihr Wohl kümmern und alles und jeden opfern würden. Sieht man ja nun wieder bei dieser Sache mit dem geplanten Windpark. Kein Respekt vor der Schöpfung, Hauptsache der Geldbeutel wird praller. Die wirklich bestimmen in unserer Gemeinde, sind bekanntermaßen ausschließlich Kalvinisten", ergänzte Beorc die Meinung Lagus.

„Mit denen habe ich nichts zu tun. Jeder kann ja glauben was er will, aber an seinen Taten hier auf Erden soll man den Menschen erkennen, also ob er gut oder schlecht ist. Das bedeutet für mich persönlich, der Bauunternehmer ist ein schlechter Mensch, egal woran er glaubt, fertig aus", ereiferte sich nun Gerd.

Einige Anwesende reagierten empört auf Gerds letzte Äußerungen. Sie hatten seine lautstark ausgesprochenen Worte auch wohl nicht überhören können. Es fielen Bemerkungen wie, man solle doch nicht so schlecht über den armen Mann sprechen, das hätte er wirklich nicht verdient. Er sei so ein guter Mensch, weil er viel für die Gemeinde getan habe. Ein sicherer Arbeitsplatz in seinem Betrieb für viele aus dem Dorf, spendet immer für die Ärmsten dieser Welt, hat den Altar in der Kirche von seinem eigenen Geld restaurieren lassen und eine neue Orgel gestiftet. Er sei ein gottesfürchtiger Mensch und bei jedem Gottesdienst anwesend. Uns dagegen hätte man da noch nie gesehen.

Nun entstand ein kontroverser Disput zwischen einigen mir unbekannten Leuten an den Nebentischen und Gerd. Aussage gegen Aussage ohne erkennbare Annäherung, zu groß die Kluft zwischen freiem Denken und biederer Frömmelei. Nun ja, teilweise hatten sie schon recht, nämlich die finanziellen Mittel, die der Bauunternehmer der Kirche stiftete, waren sicherlich enorm. Auch Arbeitsplätze bot er vielen aus dem Dorf, alles schön und gut. Doch ist jemand schon deswegen ein guter Mensch, weil er ein regelmäßiger Kirchgänger ist und einen kleinen Teil seines riesigen Vermögens der Allgemeinheit zufließen lässt?

Will er vielleicht nur sein Gewissen damit reinwaschen, so wie zu vergangenen Zeiten, als noch der Ablasshandel praktiziert wurde? Dazu fiel mir ein passendes Zitat ein, welches ich mutig und für alle deutlich zu vernehmen in einer kurzen Gesprächspause aussprach: „Eher geht ein Kamel durchs Nadelöhr, als dass ein Reicher in den Himmel kommt. Soll wohl Jesus einst gesagt haben – glaube ich."

„Stimmt. Aber alle Reichen sind doch Kamele", behauptete Gerd laut auflachend.

Empörte Mienen ringsum als Reaktion auf diese Bemerkungen.

Da fühlten sich wohl einige persönlich angesprochen.

„Ich werde mich sofort nach einem anderen Tierarzt umsehen. Unverschämtheit, uns hier so zu beleidigen", rief aufgebracht mit hochrotem Gesicht ein älterer Mann.

Gerd lächelte nur still in sich hinein und sagte ruhig an uns gerichtet: „Der beruhigt sich schon wieder. Ist als Hitzkopf bekannt, regt sich schnell mal auf. Will hier im Kreis der anderen Bauern nur Eindruck schinden. Und ich bin der einzige Tierarzt weit und breit. Ich rede denen doch nicht nach dem Mund."

„Wir sollten nun auch in den Saal gehen, die Versammlung beginnt gleich."

Mit dieser Aufforderung an uns schaffte es Lagu die Diskussion zu beenden.

Wir nahmen auf ungepolsterten Holzstühlen in der letzten Reihe des gut gefüllten rustikalen Veranstaltungssaales Platz.

Es bestand wohl großes Interesse zum Thema Windpark, denn schnell mussten noch zusätzliche Stühle hereingebracht werden, damit jeder einen Sitzplatz bekam.

Auf dem erhöhten Podium saßen schon der Bürgermeister, der Bauunternehmer mit gramgebeugtem Haupt, der Behördenvertreter vom Umweltschutzamt und noch einige weitere Herren,

wohl vom Gemeinderat. Hinter ihnen an der Wand eine Land-
karte mit einigen farbigen Markierungen.

Der Bürgermeister erhob sich, eröffnete mit wenigen Begrü-
ßungsfloskeln die Versammlung und erläuterte in sachlichem
Tonfall den letzten Stand der Planungen, wobei er mit einem
Zeichenstock auf der Karte verdeutlichte, worum es im einzelnen
ging. Danach ergriff der Mann von der Naturschutzbehörde das
Wort und teilte mit, dass es noch keine Baugenehmigung gäbe
und es auch unwahrscheinlich wäre, dass sie erteilt werden könnte. Des weiteren gäbe es schon neue Planungen zum Bau eines
Biogaskraftwerkes am Ortsrand, auf einem gemeindeeigenen
Grundstück. Somit brauchten keine Privatländereien aufgekauft
zu werden. Und damit wäre der Bau eines Windparks hinfällig.
Danach erklärte ein Mitglied des Gemeinderates die Vorteile einer Biogasanlage. Die ansässigen Landwirte würden einen guten
Gewinn erwirtschaften können durch Anbau und Verkauf von
nachwachsenden Rohstoffen zum Betrieb der Anlage. Davon
würden alle Einwohner der Gemeinde profitieren, durch sinken-
de Energiepreise und Erhaltung des Naturschutzgebietes, und
nicht nur die Familie, welche lieber einen Windpark errichten
möchte. Das gesamte Genehmigungsverfahren sei bereits dem
Oberverwaltungsgericht zur Entscheidung übergeben worden.

Ein vorläufiges Urteil zu beiden Projekten wird frühestens in sechs Monaten erwartet. Von den meisten Zuhörern wurden diese Neuigkeiten mit lautem Beifall und Füßetrampeln bedacht.

Nach diesen Ausführungen wurde die Bürgerfragestunde eröffnet. Die meisten Fragen betrafen Grundstücksverkäufe, da hatten sich einige Eigentümer sicher schon auf einen warmen Geldregen gefreut. Dementsprechend sahen die auch ziemlich enttäuscht in die Runde, als klar wurde, dass daraus wahrscheinlich nichts werden würde.

Der Bauunternehmer hatte bewegungslos und mit maskenstarrem Gesicht auf dem Podium gesessen, bis er nun plötzlich langsam und schwerfällig aufstand, zu einer Äußerung ansetzte, aber dabei kein Wort hervorbrachte.

Totenstille herrschte nun im Saal, alle Anwesenden warteten voller Spannung auf seine persönliche Stellungnahme. Schwankend stand er da, schien nach Worten zu suchen, erhob einen Arm und deutete zitternd in Richtung Lagu und Beorc. Sein Gesicht verfärbte sich von dunkelrot bis weißblau, er stammelte röchelnd die Worte: „Die sind schuld, die Hexen wollen mich zerstören."

Er fasste sich mit einer kraftlosen Geste der Hilflosigkeit an seinen Hals und brach in sich zusammen, fiel zu Boden und blieb dort reglos liegen. Erschrocken sprangen einige von ihren Plätzen auf, panikartiger Tumult brach aus, hysterisch ausgestoßene Wortfetzen wirbelten durcheinander. Der Bürgermeister kniete, am ganzen Körper zitternd und bebend, neben dem Kollabierten nieder und schrie: „Ein Arzt, schnell einen Arzt, ruf doch einer den Notarzt!"

Ein älterer weißhaariger Herr aus dem Publikum rannte eilig zu ihnen.

„Ich bin sein Arzt, macht doch Platz", rief er aufgeregt.

Er öffnete seinen kleinen schwarzen Arztkoffer und begann sogleich hektisch unter den neugierigen Blicken der Umstehenden mit der Untersuchung und Reanimierungsmaßnahmen.

„Meine Damen und Herren, bitte verlassen Sie den Saal. Die Versammlung ist beendet", verkündete lautstark der Bürgermeister.

Alles strömte nun wieder zurück ins Café, und unter dem Eindruck des eben Erlebten dachte jetzt niemand daran, den Ort des Geschehens zu verlassen. Mit leerem Blick und nicht fähig zu sprechen, setzten sich viele mit fahrigen Bewegungen auf die Stühle, andere liefen ziellos im Raum hin und her, zitternd die Hände, manche weinten leise in sich hinein. Einige Dorfbewohner blickten feindselig in unsere Richtung und zeigten dabei auf Lagu und Beorc. Das blieb denen nicht verborgen, und mit festem Blick schauten sie zurück. Über allem schwebten natürlich die letzten harten Worte des kranken Bauunternehmers. Was war der Grund für diese schwerwiegende Anschuldigung, fragte ich mich. Da wird doch etwas vorgefallen sein müssen, sonst wäre das Wort Hexe sicher nicht gefallen.

Nach Abfahrt des Krankenwagens kam der Arzt ins Café und setzte sich an unseren Tisch. Er begrüßte freundschaftlich den Tierarzt, und auf dessen Nachfrage teilte er in knappen Worten mit, dass der Bauunternehmer wohl erneut einen Herzanfall erlitten hatte. Ich bekam einiges ihrer leise geführten Unterhaltung mit: „... und hat dabei seine eigene Zunge verschluckt. Der Notarzt hatte Mühe sie aus seinem Schlund zu ziehen, so verkrampft war er. Fast wäre er erstickt. Nun sind sie auf dem Weg in die Notaufnahme. Unverständlich ist mir – warum wollte er unbedingt an der Versammlung teilnehmen. Ich konnte ihn auch durch meine eindringlichen Mahnungen betreffs seines angeschlagenen Gesundheitszustandes nicht davon abhalten."

„Traurig, traurig das ganze. Ist schon immer ein sturer Hund gewesen, wissen wir ja. Den konnte noch nie jemand bremsen. Was der sich in den Kopf gesetzt hat, hat er auch getan, rücksichtslos, auch gegen sich selbst. Aber was da in letzter Zeit passiert ist, war wohl zuviel für ihn", erwiderte Gerd.

Der Arzt wandte sich nun misstrauisch an Lagu:

„Was meinte er denn damit, dass Hexen ihm das angetan hätten?"

„Dazu will ich jetzt lieber nichts sagen. Nur, dass ich gegen seine Windparkpläne bin, ist wohl allgemein bekannt. Da bin ich ja nicht der einzige hier. Doch das mit den Hexen halte ich für Hirngespinste von ihm. Sein Geist muss stark verwirrt sein, und nach der Familientragödie mit seinem Sohn wundert mich das auch nicht. Irgendwie tut er mir wirklich leid, vor allem aber seine Frau, die Arme."

„Damit ist meine Frage noch längst nicht erschöpfend beantwortet. Wir sprechen uns noch, Herr Vath", gab der Arzt ungehalten an Lagu zurück.

„Bei Gelegenheit bin ich bereit, mit dir ausführlicher darüber zu sprechen, doch nicht hier und heute. Das ist wirklich nicht der geeignete Moment, da stimmst du mir wohl zu, oder?"

„Ich komme darauf zurück. Das kommt mir doch mysteriös vor, was hier vor sich geht. Ich verlange vollständige Aufklärung, und vorher werde ich keine Ruhe geben, darauf kannst du dich verlassen."

Nun mischte sich Gerd ein und schlug vor:

„Wir könnten uns doch treffen und alles in Ruhe klären."

Sie beschlossen, sich am übernächsten Abend beim Tierarzt einzufinden.

Ulmar zupfte mich am Arm und flüsterte in mein Ohr:

„Möchtest du noch mit zu mir kommen. Wir könnten noch eine Flasche Wein köpfen. Nach diesem aufregenden Abend brauche ich noch ein wenig Zerstreuung. Also, sag bitte ja."

Ich lächelte ihr zu, und wortlos teilte ich ihr mein Einverständnis mit. Sie hatte verstanden, und wir beide verabschiedeten uns von den anderen und verließen eilig das Café.

9

Ulmar hatte das Kaminfeuer entzündet, wir lagen gemütlich auf dem flauschigen Teppich und tranken Wein. Eine Weile schauten wir nur schweigend in die lodernden Flammen, jeder in seine Gedanken vertieft. Mir gingen die aufwühlenden Geschehnisse während der Versammlung nicht aus dem Kopf, und in meinen Ohren klangen noch die Anschuldigungen gegen Beorc und Lagu nach, voller Zorn und Verachtung ausgestoßen vom todkranken Bauunternehmer. War bei den tragischen Vorfällen in seiner Familie womöglich ein Schadenszauber initiiert worden?

In der Hoffnung, Ulmar könnte etwas Licht in meine trüben Gedanken bringen, stellte ich ihr in unverfänglichem Tonfall die Frage: „Könnte es sein, dass bei der schrecklichen Tragödie in der Familie des Bauunternehmers schwarze Magie angewendet wurde?"

Ulmar schaute mich irritiert an: „Das kann ich mir nicht vorstellen. Meine Eltern sind sicher keine Schwarzmagier. Was der beklagenswerten Familie zugestoßen ist, so schrecklich das auch für sie sein mag, hat sie sich meiner Überzeugung nach selber zuzuschreiben. Dass meine Eltern bekannt für ihre magischen Praktiken sind, hat wohl dazu geführt, diese Anklage öffentlich auszusprechen. Doch noch nie haben sie jemandem geschadet, genau das Gegenteil ist wahr. Sie haben vielen geholfen, die Rat bei ihnen suchten, bei Krankheiten von Mensch und Tier, oder auch schon mal abhanden gekommene Dinge wiedergefunden. Beorc kann man am ehesten als weiße Hexe bezeichnen, schon wegen ihrer Familientradition. Sie gehört keinem Zirkel an, ist somit freifliegend, solitär, wie man so sagt. Und Lagu arbeitet streng nach schamanischen Prinzipien. Reicht dir das vorerst als Erklärung zu deiner Beruhigung?"

„Na ja, wo Licht ist, gibt es auch Schatten. Alles Wissen kann auch zum Schaden angewendet werden. Das Zuordnen in Weiß oder Schwarz ist mir zu oberflächlich und doch nur eine rein theoretische Abgrenzung. Das eine geht fließend in das andere über, denke ich. Nach allem was ich bisher erfahren habe, könnte ich mir schon vorstellen, dass deine Eltern ihre Magie auch gegen den Bauunternehmer eingesetzt haben. Es gibt Handlungen, durch deren Anwendung man sich schützen will und dem Gegner eben damit unausweichlich Schaden zufügt, in letzter Konsequenz wohl auch den Tod", gab ich zu bedenken.

Ulmar sah mich zweifelnd an und erwiderte: „Das mag richtig sein, nach dem Gesetz der irdischen Polarität, so wie ich es verstehe. Aber der Freitod des armen Jungen liegt allein in der Verantwortung der Familie. Der Vater braucht ein Feindbild, und Hexerei als Ursache zu nennen ist eine verständliche Reaktion, zumal mein Vater und er wegen der Windparksache unversöhnlich zerstritten sind."

„Da hast du wohl recht, Ulmar. Und nun hat sich in dieser Angelegenheit einiges grundsätzlich geändert."

„Ja. Wie es scheint, hat sich dieser Zwist nun durch die neue Planung aufgelöst. Eine für uns alle sehr gute Entwicklung."

„Ich bin auch erleichtert darüber. Jetzt wird sich hoffentlich auch Lagu beruhigen. Wir wollten einen Pakt schließen, um den Seelenbaum unbedingt zu retten, das hab ich dir schon erzählt. Mir war nicht klar, was ich dazu beitragen sollte, und das hat mich sehr beschäftigt die ganze Zeit. Ich fühlte mich unter Druck gesetzt, hatte starke Zweifel, sogar Angst in etwas verwickelt zu werden, das ich nicht durchschauen kann, nur als willfähriges Werkzeug benutzt zu werden. Gut, ich habe mit deinen Eltern offen über meine Bedenken gesprochen, doch meine Zweifel konnten sie mir bisher nicht nehmen. Nun besteht kein Grund mehr für ein übereiltes Bündnis zwischen uns, das beruhigt mich schon sehr."

Ulmar füllte mein leeres Weinglas, legte einige dicke Holzscheite in das Kaminfeuer und lenkte unser Gespräch in eine für sie interessantere Richtung.

„Wie war denn das Wochenende mit Sena?"

„Nicht so schön. Wir haben uns gestritten, und sie ist zurück in die Stadt gefahren, noch gleich am ersten Abend."

Ich erzählte Ulmar, was der Anlass unserer heftigen Auseinandersetzung war und ich wohl einen großen Fehler begangen habe. Weil ich mit Sena zur Moorhütte gewandert war, ihr dort die Geschichte vom Seelenbaum erzählt habe, und wie bedroht sie sich dort gefühlt hat. Und wie sie mich vor ihren Eltern gewarnt hatte, wie sie alles als frevelhaften Okkultismus bezeichnete, was sie tun.

Ulmar streichelte mir zärtlich über die Wange und meinte bedauernd: „Du Armer. Das tut mir leid, dass ihr euch darüber so entzweit habt. Ich kenne Sena ja ein wenig und weiß, dass sie sehr misstrauisch meinen Eltern gegenüber ist. Sie ist wohl sehr befangen durch ihren starken christlichen Glauben. Darüber hab ich mich mit ihr schon mehrmals unterhalten und meine, sie ist leider ziemlich intolerant Andersdenkenden gegenüber. Mich wundert es nicht, dass sie in der Moorhütte Angstzustände bekommen hat. Die Schwingungen dort sind sehr stark, und als ich das erste Mal dort war, mit Beorc zusammen, erging es mir ähnlich. Es ist ein mysteriöser Ort, und unvorbereitet sollte niemand dort hingehen. Da warst du zu unbekümmert, und was dein größter Fehler war, ist wohl, dass du dein Gelübde gebrochen hast. Du hattest mir davon erzählt, erinnerst du dich?"

„Ja, mein Gelübde. Das stimmt, ich habe dagegen verstoßen. Und nun überlege ich schon die ganze Zeit, wie ich es wieder gutmachen kann. Weißt du eine Lösung für mich?"

Ulmar dachte darüber nach, nahm einen kräftigen Schluck Wein, lächelte mich tröstend an und schlug vor: „Ich könnte mit dir ein Wiedergutmachungsritual durchführen. Dazu sollte es Vollmond sein, ich glaub in drei Tagen ist es soweit."

Sie lief zu ihrem Schreibtisch und suchte in den Stapeln von Papier den Kalender, schaute kurz hinein und stellte fest: „In vier Tagen. Zeit genug uns darauf vorzubereiten. Wenn du einverstanden bist, helfe ich dir dabei, dein Gelübde zu erneuern. Dann kommst du schon am frühen Nachmittag zu mir, damit ich dir das Ritual erklären kann und wir die nötigen Utensilien beschaffen, einverstanden?"

„Ja. Wirklich lieb von dir, mich dabei zu unterstützen. Ich kann noch soviel von dir lernen, denn mit speziellen Ritualen habe ich mich bisher wenig beschäftigt."

Erleichtert und dankbar umarmte ich sie.

10

„**K**omm Gabor, lass uns auf den Balkon gehen, es ist eine so schöne milde Nacht."

Das silberhelle Mondlicht schien durch die große Fensterfläche, und Ulmar öffnete die Glastür, durch die man auf den Balkon gelangt. Wir nahmen unsere Gläser und setzten uns in die gemütlichen an der Holzüberdachung mit dicken Stoffseilen befestigten Schaukelsessel. Uns bot sich ein herrlicher Ausblick über den parkähnlichen Garten bis hinüber zur scherenschnittartigen Silhouette des tintenschwarzen Waldes. Alles in ein unwirklich flirrendes Licht des fast vollen Mondes getaucht, der am dunstigen Himmel gemächlich seine mitternächtlich hohe Bahn zog. Am südlichen Horizont war das noch schwache Wetterleuchten eines heranziehenden Gewitters zu sehen. Die Lockrufe der Eulen waren aus den Wipfeln einiger hoher Bäume zu hören, und neugierige Fledermäuse und Nachtfalter umkreisten uns in taumelndem Fluge. Wir saßen ruhig da und genossen die romantische Stimmung, als Ulmar plötzlich meinen Arm packte, hinunter in den Garten zeigte und sich einen Finger vor die Lippen legte.

„Sei ganz still", flüsterte sie kaum hörbar mit rauer Stimme, „da unten bewegt sich etwas. Siehst du das auch?"

Tatsächlich bemerkte ich jetzt ebenfalls eine schemenhafte Gestalt, die lautlos den gewundenen Gartenweg entlang schlich. Sie hatte unsere Anwesenheit auf dem dunklen Balkon nicht bemerkt. Der Hütehund bei seinem nächtlichen Streifzug wird es sein, dachte ich im ersten Moment. Doch plötzlich richtete das Wesen sich auf, spähte wachsam in alle Richtungen, und es war nun zu erkennen, dass es sich um einen Menschen in komplett schwarzer Kleidung handelte. Über einer Schulter trug er so etwas wie einen Beutel und bewegte sich ohne hörbares Geräusch in leicht gebeugter Haltung auf das Ende des Gartens zu. Eine zweite Gestalt folgte ihm nach, der Größe nach wohl eine Katze. Bald verschmolzen die beiden mit dem dunklen Hintergrund der Bäume und Büsche.

„Wer mag das sein?", wandte ich mich leise flüsternd an Ulmar.

„Das könnte Beorc sein mit einer von unseren Katzen. Aber warum sie jetzt zu mitternächtlicher Stunde im Garten herumschleicht? – Hm, schon merkwürdig."

„Hast du ein Fernglas, Ulmar?"

„Gute Idee. Ich hol es schnell." Schon eilte sie ins Wohnzimmer und kam mit dem Fernglas zurück, setzte es an ihre Augen, suchte eine Weile den Garten ab.

„Jetzt sehe ich sie. Es ist tatsächlich Beorc mit ihrer Katze. Sie sind am Rondell unter der alten Eiche. Hier, sieh selbst."

Sie gab mir den Feldstecher, und schnell hatte ich sie entdeckt. Gut versteckt hinter kleinwüchsigen Büschen bildeten Findlinge unterschiedlichster Größe einen geschlossenen Kreis, darin wucherten einige niedrig gewachsene Kräuterstauden. Im hellen Schein des hochstehenden Mondes war nun deutlich zu erkennen, wie Beorc den Beutel auf den Erdboden legte und zwei kleine gläserne Gefäße herausnahm. Sie öffnete einen und verstreute kreisförmig um sich herum eine hell glitzernde Substanz, wobei sie einige Worte sprach, die aber bei der Entfernung nicht zu verstehen waren. Im zweiten Tiegel war eine salbenartige Masse, und mit dieser bestrich sie sich mit kreisenden Bewegungen ihr Gesicht.

„Sag mir, was du siehst", wisperte Ulmar.

„Beorc hat ein weißliches Pulver um sich verstreut und mit einer Salbe ihr Gesicht eingerieben. Was hat das zu bedeuten?"

„Das Verstreute könnte Salz sein. Sie hält ein Beschwörungsritual ab, darum die Salbung. Was tut sie nun?"

Ich beobachtete in höchster Konzentration weiter und beschrieb Ulmar leise flüsternd, mit wachsender Anspannung, was geschah. Beorc griff in den Beutel, holte einige kleine längliche Gegenstände daraus hervor und legte sie langsam zu Boden.

Mir lief ein eiskalter Schauer des Erschreckens über den Rücken, als ich erkannte, um was es sich dabei handelte.

Knochen, menschliche Knochen! Beorc ordnete sie nun akribisch zu einem vollständigen Skelett, wobei die Füße nach Norden ausgerichtet zu liegen kamen. Zuletzt holte sie den Schädel aus dem Beutel hervor, der matt im sanften Mondlicht schimmerte, wie blankpoliert. Beorc erhob sich nun zu voller Größe, breitete ihre Arme aus, reckte ihr Gesicht dem Mond entgegen und begann im Kreis mit geschmeidigen Schritten zu tänzeln, wobei sie einen beschwörenden Gesang anstimmte, der nur undeutlich zu vernehmen war. Nach dem Tanz nahm sie den Schädel in beide Hände und hielt ihn sich genau über den Kopf, küsste ihn dann mehrmals und legte ihn danach wieder zu Boden. Zu meiner Überraschung entzündete sie dann einen Kräuterbusch, oder begann der von sich aus zu brennen? Rauchwolken stiegen langsam senkrecht gen Himmel. Beorc begann nun erneut zu tanzen, doch diesmal schneller, und der Gesang wurde lauter und lauter. Ein erstes fernes, dumpfes, langanhaltendes Donnergrollen kündete an, dass das Gewitter nähergekommen war. Pechschwarze Wolkentürme verdeckten in ihrem langsamen Zug ab und an den Mond. Eine leichte Brise kräuselte das Blattwerk der Bäume, und schwerer süßlicher Duft des nur noch schwach rauchenden Kräuterbusches wurde zu uns herangeweht. In dem nun immer heller werdenden Wetterleuchten zuckte ein greller bläulicher Blitz über den gesamten Himmel, aber ohne dass ihm ein Donner folgte. Aus dem Blitz löste sich eine hell strahlende Kugel und sank in spiralförmiger Bahn zum Ritualplatz hinunter. Sie verharrte bewegungslos direkt über dem Skelett und begann zu pulsieren. Beorc umschloss mit ihren Händen die Lichtkugel, und ihre Gestalt wurde von dem Licht gänzlich umhüllt, als würde sie in einem Wasserfall aus Licht baden, wobei sie sich etwas vom Erdboden erhob und in der Luft zu schweben begann. Durch Beorc hindurch, aus ihren Füßen austretend, strömte nun ein feines Geflecht aus Lichtstrahlen in alle Teile des Skeletts, welches dabei irisierend aufleuchtete. Gleich Elmsfeuerzungen huschten kleine bunte Flämmchen auf den Knochen hin und her. Kurzzeitig verwandelten sich die Gebeine in die Gestalt einer lebendigen Frau aus Fleisch und Blut, blondgelockt und vollkommen unbekleidet, mit Gesichtszügen die mich zu meiner Überraschung an Ulmar erinnerten. Die Lichterscheinung verblasste übergangslos, und Beorc stand schwankend mit gesenktem Haupt vor den nun wieder leblosen Knochen. Sie machte einen erschöpften Eindruck, ihre vorherige Frische hatte sich in greisenhafte Schwäche verwandelt. Sie kniete sich mit angehobenem Kleid über den rauchenden Kräuterbusch und verlöschte sein letztes leichtes Glimmen mit ihrem Urin. Mühsam klaubte sie nun die Knochen zurück in den Beutel, zuletzt auch die beiden Gefäße und machte sich dann in gebückter Haltung schwankenden Ganges auf den Weg zurück zum Haus, gefolgt von ihrer Katze. Als sie unter dem Balkon mit ihren müden Schritten dahinschlurfte, konnten wir ihr Ächzen und Seufzen hören.

Jetzt setzte ein heftiger Platzregen mit Hagelkörnern ein, und das Gewitter begann mit lautem Getöse und seinem himmlischen Feuerwerk über unseren Köpfen zu toben. Ulmar und ich saßen gut geschützt vor Wind und Regen auf dem überdachten Balkon, nicht fähig zu sprechen, zu reglosen Statuen erstarrt.

Beorcs Ritual war ein morbides Schauspiel voller makabrer und nekrophiler Momente, dazu die unglaubliche Verwandlung eines Skelettes in ein lebendiges Menschenwesen, wenn auch nur für den Bruchteil einer Sekunde. Das Unfassbare wollte von uns erst einmal verarbeitet sein.

„Das ist ja unglaublich, was du mir geschildert hast. Ich habe bei so mancher Zeremonie meiner Mutter dabei sein dürfen, aber so etwas Schauriges hab ich bis heute noch nicht miterlebt. Ohne Fernglas konnte ich nicht deutlich genug sehen, was wirklich geschah. Hat dir deine Phantasie vielleicht einen Streich gespielt?"

Ulmar schaute mich zweifelnd, ja fast ein wenig verstört an.

„Es hat sich so abgespielt, wie ich dir das beschrieben habe, das waren keine Trugbilder", gab ich ihr zu verstehen.

„Wir sollten an den warmen Kamin zurück, mir wird das nun zu ungemütlich hier draußen bei diesem Wetter", meinte Ulmar und zog mich sanft ins Zimmer. Dann erzählte sie mir eine Geschichte, die wie einem Alptraum entsprungen schien, wie die Ausgeburt eines umnachteten Geistes.

„Das Skelett kenne ich. Es ist einige Jahre her, da überraschte ich meine Mutter im Schlafzimmer, als sie gerade einen großen Beutel unter ihrem Bett hervorzog. Neugierig geworden fragte ich sie nach dem Inhalt. Erst nach hartnäckigem Drängen erzählte sie mir zögernd, welch skurrile Geschichte sich um den Beutel rankt. Sie öffnete ihn und ließ mich einen kurzen Blick hineinwerfen. Erschrocken wich ich zurück, denn ich sah einen Haufen vergilbter Knochen und einen Totenschädel. Dabei handelt es sich um die Überreste ihrer Großmutter, die bei einem der letzten Hexenprozesse zu Tode gefoltert wurde. In unserer Familie ist überliefert, dass bei der Großmutter die sogenannte Wasserprobe angewendet wurde. Das ist eine von den vielen grausamen Foltermethoden, die bei den öffentlichen Schauprozessen angewandt wurden, um ein Eingeständnis der Hexerei oder bösem Zauber gegen Mensch und Tier von den bedauernswerten Angeklagten zu erzwingen. Dabei wurden der vermeintlichen Hexe, nachdem sie völlig entkleidet war, Hände und Füße mit Stricken zusammengebunden, dann wurde sie ins Wasser geworfen, in einen See oder den Dorfteich, manchmal auch in einen großen Zuber. Ging das Folteropfer unter, ertrank es natürlich, galt daraufhin aber als unschuldig. Ertrank sie aber nicht, wurde das hochnotpeinliche Verhör solange fortgesetzt, bis ein Geständnis abgepresst war. Nach dieser Prozedur starben dann die meisten überlebenden Opfer auf dem Scheiterhaufen. Angeblich hat die Großmutter die dreimalige Wasserprobe nicht überlebt, galt somit als unschuldig, wurde aber in ungeweihter Erde auf dem Heidenhügel beerdigt, da sie in der Öffentlichkeit Gott abgeschworen hatte. Und diese Überlieferung, so wie sie meine Mutter mir erzählte, besagt, dass der vorsitzende Richter des Prozesses der Großvater des Bauunternehmers gewesen sein soll. So steht es in den alten Gemeindechroniken geschrieben. Meine Mutter nun, als die in die magische Familientradition eingeweiht wurde, hat natürlich auch diese Geschichte erfahren und wusste, wo sich das Grab befand. Sie hat eines Nachts die knöchernen Überreste ausgegraben, und seitdem liegt der Beutel unter ihrem Bett. Die Knochen verwendet sie für bestimmte Rituale, worum genau es dabei geht, hat sie mir nie gesagt. Sie meint, noch sei meine Zeit nicht gekommen, ich sei noch zu schwach. Die Großmutter war felsenfest davon überzeugt, dass jedes Wesen zwei Seelen habe, ihre eine haust jetzt im Seelenbaum und die andere in den körperlichen Überresten, also im Skelett. Für mich ist das nicht glaubhaft, doch meine Mutter meint, eines Tages werde ich alles verstehen, nämlich wenn ich ihr Erbe antrete. Doch ich bin mir gar nicht so sicher, ob das für mich gut wäre. Die Familientradition würde ich schon gerne fortführen, aber auf meine Weise. Bis dahin habe ich noch einen langen Weg des Lernens vor mir."

Nach dieser Schilderung saß Ulmar nun grübelnd in ihre düsteren Gedanken versunken neben mir auf dem Sofa. Ich hatte Mitleid mit ihr, denn diese Familiengeschichte musste eine seelische Belastung für sie sein, das offenbarte sich mir durch den traurigen Unterton ihrer Erzählung.

„Ach Gabor, es ist schön mit dir darüber reden zu können. Noch nie hat jemand von mir diese Geschichte gehört, doch dir vertraue ich. Das tut meiner Seele so gut, einen Menschen zu kennen, der mir zuhört und mich nicht für krank oder verrückt hält. Versprich mir, dass du meiner Mutter nicht verrätst, dass wir sie heute Nacht beobachtet haben. Das soll unser Geheimnis bleiben, ja?"

„Ist gut Ulmar, ich verspreche es dir, ich werde schweigen.

Da fällt mir eine Geschichte ein, die mir Pep einmal erzählt hat. Du weißt doch, der jetzt gerade in Indien unterwegs ist. Also, die Parallelen zu dem, was du mir eben erzählt hast, sind schon erstaunlich. Pep war in Venezuela unterwegs für eine Reportage über die Ureinwohner, die versteckt in den endlosen und undurchdringlichen Regenwäldern leben. Bei seinen Exkursionen wurde er von einem Franziskaner, der sich als Dolmetscher anbot, begleitet. Der Pater hat dort mehrere Krankenstationen aufgebaut und spricht einige Indiosprachen. In einem kleinen Dorf mitten im Dschungel hat Pep mit ihm mehrere Wochen unter den Ureinwohnern verbracht und einige interessante Geschichten erlebt.

Einmal war er dabei, als eine steinalte Frau, die Dorfschamanin, ein menschliches Skelett aus einem alten, halbvermoderten Stoffsack hervorholte und zusammen mit ihrem Sohn alle Knochen sorgfältig reinigte. Danach wurden die unter beschwörendem Gesang der versammelten Dorfbewohner in eine hölzerne Truhe gelegt, diese dann fest verschlossen und dem Sohn in einer Zeremonie übergeben. Als Pep fragte, was es mit den Knochen auf sich habe, bekam er als Antwort von der Alten, dass es sich dabei um die Überreste ihres Vaters handele, mit dem sie jeden Tag reden würde, und er ihr dabei auch versicherte, weiterhin der Beschützer und Ratgeber des ganzen Dorfes sein zu wollen. Ihr Sohn ist gerade zum neuen Dorfschamanen ernannt worden, zu ihrem Nachfolger, und darf für seine Zeremonien nun mit der Seele seines Großvaters in Verbindung treten, um ihn um Schutz und Hilfe zu bitten. Eine Seele wohne in seinen Gebeinen, wobei die Indios glauben, es gebe mindestens vier Seelen in jedem Geschöpf, wozu auch alle Tiere, Pflanzen und Steine, überhaupt alles, was es gibt auf diesem Planeten, gehören. Beim Tode steigt eine Seele auf zu Gott oder hinab zu den bösen Geistern. Die zweite Seele bleibt in den sterblichen Überresten, die dritte ist im Wasser, wir sehen sie als unser Spiegelbild, wenn wir ins Wasser schauen, und die vierte ist unser Angesicht im Spiegel. Ein Indio erzählte Pep, er hätte seine fünfte Seele verloren, als einmal eine Fotografie von ihm gemacht wurde. Danach sei er lange sehr krank gewesen und erst wieder gesund geworden, nachdem der Schamane das Foto während einer Beschwörungszeremonie letztendlich verbrannt hatte und er dann die Asche gegessen habe. Für uns hört sich das natürlich alles nach tiefstem Aberglauben an, doch solche Geschichten kann man von vielen Naturvölkern erfahren, die bis heute nicht missioniert wurden. Aber auch danach halten sie weiter unbeirrt an ihren vertrauten Naturgöttern und Schutzmächten fest. Daran kannst du sehen, alle Naturreligionen stammen sicher aus derselben Quelle, wobei der Schamanismus sich bis heute weltweit erhalten hat, und alle bekannten Glaubensrichtungen sind aus ihm abgeleitet."

„Schöne Geschichte, die Pep dir erzählt hat. Über Schamanismus weiß ich auch schon einiges, weil mein Vater sich ja selbst als solcher bezeichnet. Dem solltest du das auch bei Gelegenheit einmal erzählen. Dann könnten wir vielleicht erfahren, was genau sich heute Nacht zugetragen hat. Da sind doch Ähnlichkeiten zu schamanischen Praktiken zu sehen gewesen."

Ulmar teilte mit mir den Rest aus der Weinflasche, und nachdem das Gewitter abgezogen war, machte ich mich müde und voller verwirrender Eindrücke auf den Heimweg.

11

Nach einem üppigen Mahl und reichlich gutem Rotwein herrschte eine ausgelassene Stimmung. Das lag hauptsächlich an Chuns ungemein guter Laune, voller Witz und Enthusiasmus. Auf ihrer Tournee machte sie einen kleinen Zwischenstopp, für zwei, drei Tage. Sie hatte nach acht Wochen auf Tour Sehnsucht danach, uns und ihrem Zuhause einen Überraschungsbesuch abzustatten. Und da Sena ein paar Tage Urlaub hatte, saß ich nun mit den beiden in leicht trunkener Rotweinlaune plaudernd im Wohnzimmer.

„Sag mal Gabor", fragte mich Chun, völlig aus dem lockeren Gesprächsfaden herausgerissen, „du kennst dich doch mit Meditation und so weiter sehr gut aus. Was machst du, um dich ins Gleichgewicht zu bringen, wenn alles, was du tust, dir total konfus und sinnlos erscheint und du meinst neben dir zu stehen. Kennst du den Zustand und was machst du dagegen?"

Den Gedankensprung musste ich erst schaffen, vom ironischen Geplauder zur einigermaßen zufriedenstellender Beantwortung so einer ernsthaften Frage. Gespannt schaute mich Chun an, mit einem verschmitzten Lächeln in ihren Augen. „Nun sag schon, was würdest du tun?"

„Ja, also", setzte ich zögernd zu einer Antwort an, weil ich noch nicht genau wusste, was ich denn nun eigentlich sagen wollte, „klar kenne ich das Gefühl, neben mir zu stehen, mich selbst zu beobachten. Die Frage nach dem Warum stoppt den Fortgang – und ich hab da so meine Methode entwickelt, mich wiederzufinden. In solchen Momenten meine ich, ein Splitter meiner Seele ist mir abhanden gekommen. Doch wir können den fehlenden Anteil zurückholen, wenn wir wissen, wohin er sich verkrochen hat. Bei mir ist er meistens in meinem Körper geblieben, hat sich nur versteckt in einer Falte des Seelenkissens."

Chun reagierte darauf mit einem drängendem Blick und forderte: „Also, mit der Antwort kann ich nichts anfangen. Soll ich mich jedes Mal fragen, ob das einen Sinn macht, wenn ich dies oder jenes tue?"

„Ja, warum denn nicht. Was meinst du, was dir plötzlich überflüssig und sinnlos erscheint, von dem ganzen Getue, welches du ständig veranstaltest. Wenn du dann aus deinem alltäglichen Verhalten ausbrichst, erscheinst du deinen Mitmenschen vielleicht etwas wunderlich, gerade denen, die meinen, dich gut zu kennen. Ich kannte einen alten Mann, Kapitän war der auf einem Fischdampfer, das sind ja raubeinige Typen in dem Gewerbe. Und da passierte ihm ein Unfall an Deck, hatte nun viel Zeit als Rentner und streifte ruhelos durch die Gegend. In den Hafenspelunken war er ja überall Stammgast. Konnte viele unglaublich komische Geschichten erzählen, Seemannsgarn und von Piraten. Er selbst war früher ein Freibeuter und hatte so manchen Schatz gehoben. Ja, sogar in der Nordsee wartet seiner festen Überzeugung nach noch so manche Kostbarkeit. Wenn er von der Arbeit völlig überdreht bei Freiwache in seiner Koje keine Ruhe fand, hatte er seine Methode. Er stellte sich aufrecht hin, bis er ganz ruhig und tief atmen konnte. Dann begann er auf einem Bein, möglichst ohne zu schwanken, zu stehen. Vorher hatte er sich ein dickes Buch auf den Kopf gelegt. Wenn nun, auf einem Bein stehend, das Buch vom Haupt rutschte, legte er sich wieder hin und trank einige Schnäpse, bis er dann einschlief. Fiel das Buch nicht herunter, ging's weiter in seiner Übung. Er nahm das Buch vorsichtig in die Hände und las dann zehn Minuten laut den Text der zufällig aufgeschlagenen Seite. Dabei wechselte er das Standbein im regelmäßigen Rhythmus. Dann begann er den Text zu singen, dabei immer leiser werdend und zuletzt nur noch Atemgeräusche. Danach konnte er schlafen wie ein Bär, und drei Stunden Schlaf, wenn es gerade passte, egal welche Tages- oder Nachtzeit, mussten ihm sowieso reichen. So war das eben an Bord. Und er war der Alte, musste ständig alles im Blick haben. Jedenfalls hat das bei ihm gut geklappt, hat für sich das Richtige gefunden, erzählte er jedem, auch wenn der das gar nicht hören wollte. Oft wurde er in der Kneipe bewundernd angeschaut, weil er für sein Alter immer noch erstaunlich fit war. Es überkam ihn manchmal spontan das Bedürfnis, seine Sammlungsübung abzuhalten, an allen möglichen und unmöglichen Orten ist das schon passiert. Ich selbst hab ihn damals mal erlebt, in der U-Bahn. Einige Anwesende haben sich köstlich amüsiert, als er dann nach seiner Vorführung auf einem Sitz in tiefen Schlaf gefallen war. Ich bin solange mitgefahren, bis er aufgewacht ist. Das hat eine Stunde gedauert, und wir fuhren wieder in die andere Richtung zurück. So hab ich ihn kennengelernt. Er war überhaupt ganz nüchtern, obwohl viele Leute ihn bestimmt für besoffen gehalten haben.

Vor ein paar Jahren hat er dann leider seine letzte große Reise angetreten.

Also, zurück zum Thema. Sollte es einen interessieren, wie man anderen Leuten erscheint, oder soll man das sein, was wirklich ist. Wenn man sich zum letzteren durchgerungen hat, denken einige, man ist irgendwie anders als sonst. Das macht die ganz unsicher, können nicht verstehen, wie du es meinst. Der alte Kapitän hatte jedenfalls diese Kluft übersprungen, zwischen wenn und aber, Schein und Wirklichkeit, ohne ..."

Chun fiel mir ins Wort: „Das ist bestimmt nicht einfach, diese Kapitänsübung. Besonders morgens, gleich nach dem Aufstehen. Ich finde aber, dass du endlich mal sagen könntest, was du mir empfehlen kannst."

„Das wirst du schon selber finden, mach dich auf die Suche. Probieren und lernen durch die Fehlschläge. Meine Methode passt nur zu mir, die vom Kapitän nur zu ihm. Nachmachen ist da aber nicht schlecht, da bleibt einiges hängen, das bringt neue Ideen."

Nun wollte Chun aber sofort meine Übung wissen, und Sena forderte mich albern lachend auf, doch auf einem Bein einen Beschwörungstanz vorzuführen.

„Also, ohne Musik kann ich jetzt nicht tanzen, aber das ist ein gutes Stichwort. Eine Übung die ich des öfteren mal mache, wenn ich meine Mitte wiederfinden will, geht folgendermaßen. Ich stelle das Radio an, nicht zu laut. Setze mich ruhig hin und verfolge die Sendung. Am besten ist es, wenn das ein Wortbeitrag ist, Nachrichten etwa. Nach ein paar Minuten stelle ich den Fernseher an und versuche beide Sendungen aufmerksam zu verfolgen. Wenn ich das geschafft habe, nehme ich ein Buch oder eine Zeitung und beginne laut zu lesen, dabei aber noch konzentriert das Radio und den Fernseher hörend. Manchmal versuche ich auch, gleichzeitig ein Bild zu malen und zu telefonieren. Nach ungefähr einer halben Stunde alles beenden und der Ruhe nachspüren. Ich gehe nach der Übung schnell nach draußen in den Garten und versuche dort die Geräusche zu hören. Im ersten Moment fühle ich mich dann wie taub, als würde ich einen Stummfilm ansehen. Dann registriere ich den ersten piependen Vogel, dann den leichten Wind, das Rauschen in den Blättern, entferntes Schnattern der Wildgänse. Dann folgt eine Atemübung, und ich bin wieder ausgeglichen, wie nach einem guten erholsamen Schläfchen."

„Schön, wenn man so einen Garten hat", erwiderte Chun versonnen.

„Das ist mein Luxus, dafür würde ich auf einiges verzichten, tu ich ja schon. Während du unterwegs bist, Musik machst, jede Menge Leute um dich Tag und Nacht, sitze ich hier draußen in der Einöde und habe nichts weiter als Natur um mich, nichts anderes außer ein paar Menschen, zu denen ich hier in der Nähe Kontakt habe. Das kann süchtig machen, aber manchmal würde ich gerne mit dir tauschen."

„Ja, die Einsamkeit und diese verschrobenen Menschen, die du kennst. Da kann man schon wunderlich werden", bemerkte Sena an mich gerichtet.

Ihr trockener ironischer Tonfall bewahrte mich davor, sofort auf das Thema näher einzugehen. Sie kannte mich zu gut und wusste, der Ton macht die Musik. Dazu war alles gesagt. Aber sie stocherte weiter, und ich schilderte meine letzte Begegnung mit Ulmar, zumal auch Chun neugierig geworden war. Immerhin ist Ulmar eine sehr gute Freundin von ihr. Nun ja, sollten sie doch erfahren, wie und warum ich eine Zeremonie in der Hütte im Moor abgehalten habe. Erst wusste ich nicht, wie beginnen. Den Anlass dieses Rituals wollte ich aber vorher zum besseren Verständnis unbedingt erläutern.

„Hat Sena dir ihr Erlebnis mit den Geistern in der Moorhütte erzählt?"

„Nein, hat sie nicht. Was ist denn passiert?"

„Ich hatte versprochen mit ihr dorthin zu gehen, aber da angekommen hat sie sofort Angstzustände bekommen. Die Stimmen aus dem Baum haben sie vertrieben."

„Davon hab ich schon früher von Ulmar gehört. Sollen ihre Vorfahren sein, deren Seelen im Baum hausen", bemerkte Chun. „Und das ist schon unheimlich, vor allem, weil Sena an übersinnliche Phänomene nicht glaubt."

„Genau", fuhr ich fort, „Sena hält mich seitdem nämlich für einen vom rechten Glauben abgefallenen, einen Ketzer, der mit den bösen Mächten im Bunde ist. Das ist aber totaler Unsinn, ich weiß genau was ich tue, und es war wohl ein großer Fehler, Sena überhaupt davon zu erzählen. Diesen Widerspruch zwischen meiner Geschwätzigkeit und nötiger Verschwiegenheit musste ich nun korrigieren."

„Ja, hättest du bloß geschwiegen", kommentierte Sena meine Worte, „dann wäre das alles nicht passiert."

„Das ist doch alles genügend durchdiskutiert worden, oder?", versuchte ich ein erneutes Aufflammen unserer leidlichen Glaubensdiskussion zu verhindern. Und ohne eine Antwort abzuwarten setzte ich meine Erzählung fort.

„Weil ich mit Sena in der Moorhütte gewesen bin, schon dass ich nur davon erzählt habe, war ein Bruch meines abgelegten Schweigegelübdes. Doch Ulmar half mir bei der Erneuerung und das Beste ist, ab nun bin ich befreit von diesem Verschweigen. Der Grund dafür besteht nicht mehr, seit klar ist, dass der Windpark nicht gebaut wird. Ich bin bei der Versammlung zu diesem Thema dabeigewesen."

Ich erzählte die ganze Geschichte, dabei allerdings ganz bewusst einige Details verschweigend.

Mein nächtlicher Besucher, mein Gegenbesuch, die Begegnung im Moor, wie ich Ulmar und ihre Eltern kennengelernt habe, der

Vorfall bei der Versammlung und zuletzt mein Ritual in der Moorhütte mit Ulmar. Chun und Sena hatten interessiert zugehört und lächelten sich verschwörerisch an. Ich konnte mir vorstellen, was sie nun dachten. Sie hielten mich sicher für einen guten Geschichtenerzähler, doch ernst nehmen konnten sie das alles nicht. Sena wollte das eigentlich sowieso nicht hören, aber Chun war nun neugierig geworden und drängte mich, ausführlicher vom Ritual zu erzählen.

„Weil ich so verzweifelt ob meiner Dummheit war, das Schweigegelübde gebrochen zu haben, bot mir Ulmar ihre Hilfe an. Sie kennt sich in der Durchführung von Zeremonien und den dazugehörigen Kräutermischungen besser aus als ich. Mir schien es aber wichtig, wenigstens meine selbstgesammelten Kräuter zu nutzen. In der Diele hängen ja dicke Büschel davon am Gebälk. So suchte ich mir geeignete Pflanzen, frei meiner Intuition folgend. Es kamen Signale von ihnen, als ob sie meine inneren Fragen verstünden, ich kann das nicht genauer erklären, aber bald hatte ich einen dicken Büschel zusammen. Damit machte ich mich auf den Weg zu Ulmar, und ...“

Chun unterbrach mich: „Welche Kräuter hast du denn nun ausgesucht, so intuitiv?“

„Als erstes Salbei. Das ist ein unglaublich vielseitiges Kraut, mit sehr hoher positiver Energie. Salbei gehört immer und überall dazu. Als nächstes stieg mir der zarte Duft von frischem Basilikum in die Nase. Eines meiner Lieblingskräuter. Es hilft bei Zaudern und Zweifeln, klärt meine Gedanken und gibt mir positive Kraft. Auch vertreibt es böse Geister und schützt vor jedem erdenklichen Übel. Dann dachte ich mir, der würzige Beifuß dürfe nicht fehlen, das Zauberkraut der Venus, sicherer Vertreiber des Teufels und aller Dämonen. Ja, schon die Germanen und Kelten wussten um seine magischen Kräfte und haben ihn für ihre Rituale gebraucht. Bei richtiger Anwendung fördert er das Hellsehen, wird zumindest von Eingeweihten behauptet. Für mich ein vorzügliches Schutzkraut. Dann den schwer und betörend süß duftenden Lavendel. Er beschwichtigt innere Unruhe und besänftigt aggressive Gefühlswallungen, also ein echter Friedensstifter. Genau wie das Mädesüß, auch davon nahm ich einen getrockneten Zweig. Es reinigt die Atmosphäre und stimmt versöhnlich."

Sena lächelte und meinte versonnen: „Wenn das funktionieren würde, müssten wir eigentlich nur von sanftmütigen Engeln umgeben sein. Hauptsache ist wohl, man glaubt daran. Dann ist alles möglich, sogar Wunder."

Ich fuhr mit der Auflistung meiner Kräuter fort.

„Also, weiter. Salbei, Basilikum, Lavendel, Beifuß, Mädesüß und dann Melisse. Mag ich auch sehr gerne, dieser zitronenartige Duft, wenn man die Blätter zwischen den Fingern zerreibt. Melisse fördert Friede, Freundschaft und Frohsinn. Dann noch Pfefferminze, zur besseren Konzentration und Kräftigung. Die Griechen zum Beispiel nutzten sie bei ihrem Totenkult, pflanzten sie auf die Gräber und opferten sie in Ritualen den Verstorbenen. Eben doch mehr als ein Kraut nur gegen Magenbeschwerden. Zuletzt nahm ich einen Zweig frische Schafgarbe. Auch der Venus geweiht wie der Beifuß, vertreibt sie negative Schwingungen, erleichtert das Verheilen von Wunden in unserer Seele und bringt uns in ein gesundes Gleichgewicht. Stärkt die Widerstandskraft von Mensch, Tier und Pflanze, wird allgemein behauptet. Schafgarbe ist ebenso als Orakelkraut bekannt, und die Druiden haben damit das Wetter vorausgesagt. Und besonders wichtig dabei, die Wirkungen aller anderen Kräuter werden durch Schafgarbe verstärkt. Mit dieser Achtkräutermischung machte ich mich auf zu Ulmar. Sie begutachtete meine Wahl und war damit einverstanden. Sie selbst hatte auch eine Räuchermischung zusammengestellt und erklärte mir die einzelnen Kräuter. Sonderbarerweise waren es ganz andere als ich ausgewählt habe. Dabei waren Baldrianblüten, zur Beruhigung der Nerven und Schutz vor Verzauberung. Dann leuchtend rote, getrocknete Beeren der Eberesche, zur Steigerung übersinnlicher Kräfte. Zur Erdung einige kleine Fichtenzweige. Des weiteren Rosmarin zur übersinnlichen Verbindung mit Feen und Elfen, falls einige von ihnen anwesend sein sollten. Und ein Zweiglein Zypresse fördert die Konzentration auf das Wesentliche.

In einem kleinen Stoffbeutelchen hatte Ulmar noch eine Mischung aus Nelke zur Reinigung der Aura, Korianderpulver zur inneren Erwärmung, Lorbeerblätter zur Abwehr von negativen Gedanken und eine Muskatnuss zur Förderung von Visionen. Und noch ein wenig Safran, herrlich exotisch duftend, auch ein bekanntes Mittel um die Hellsichtigkeit und Visionen zu verstärken. Dann noch die Wegwartenblätter, sie fördern Einfachheit im Denken und Tun. Außerdem helfen sie uns, wichtige Personen für uns zu gewinnen. Das war ganz wichtig, denn ich wollte ja die Seelen im Baum um Verzeihung bitten und sie wieder für mich gewinnen."

„Und hat das funktioniert?", wollte Sena wissen.

„Diese Frage habe ich mir selbst in den letzten Tagen mehrmals gestellt. Mit Ulmar bin ich zu der Moorhütte gewandert, kurz vor Sonnenuntergang. Der Vollmond stand schon fett und rund hoch am Himmel, als wir dort ankamen. Im Inneren der Hütte herrschte ein silberfunkelndes Zwielicht, und es roch feucht und moderig. Wir umarmten beide den dicken rauen Stamm der alten Mooreiche, wobei ich in Gedanken die darin wohnenden Seelen um Verzeihung bat, und setzten uns dann an den wackeligen Holztisch. Ulmar entzündete sogleich einige kleine Stückchen Holzkohle in der alten tönernen Räucherschale und legte etwas von unserer Kräutermischung hinein. Schnell zogen dicke Rauchschwaden durch die Hütte und verbreiteten einen die Sinne erregenden Duft. Wortlos versuchte ich Verbindung zu den beiden Seelen im Baum zu finden, nur es wollte mir nicht gleich gelingen. Meine Gedanken waren zu verworren, nicht auf ein Ziel gerichtet, zu ungeduldig. Doch nachdem ich durch eine Meditationsübung innerlich zur Ruhe gekommen war, bekam ich einen kurzen Kontakt und hörte dabei verworrene Wortfetzen. Es war, als würden eine Menge Leute gleichzeitig versuchen mir etwas Wichtiges mitzuteilen. Es dauerte eine gewisse Zeit, bis ich die Stimmen auseinanderhalten konnte. Es breitete sich ein friedvolles Gefühl in mir aus, weil die Seelen im Baum beruhigende Schwingungen von sich gaben. Unser Gespräch fand auf einer höheren Bewusstseinsebene statt und war sehr kurz. Ich stellte die Frage, ob mein Gelübde erneuert werden könnte und bekam die Antwort, dass es nun nicht mehr nötig sei. Da ihre Wohnstatt unangetastet bliebe, genüge es, ab und an ein Schutz- und Reinigungsritual in der Moorhütte abzuhalten. Das war schon alles, der Kontakt brach ab. Etwas enttäuscht, dabei aber auch erleichtert, saß ich nachdenklich am Tisch. In meinem Kopf machte sich eine kalte Nüchternheit breit. Irgendwie hatte ich ein mehr spektakuläres Versöhnungserlebnis erhofft, emotional und visuell, wie eine gewaltige Welle, die durch meinen Kopf rasen würde. Doch nichts dergleichen geschah. Und nun war ich unerwartet von meinem Gelübde befreit. Ulmar streute einige Substanzen aus ihrem Beutel in die Räucherschale, ein betörend süßlicher Hauch von Fichte, Koriander, Baldrian und Lorbeer durchströmte die Hütte. Kurz darauf verließen wir diesen Ort und machten uns auf den Heimweg durch die mondhelle Nacht.

Kein einziges Wort hatten wir gesprochen, Schweigen gehörte zu dieser Zeremonie, damit die geistigen Schwingungen frei und ungestört fließen konnten. Auch später bei Ulmar am Kamin, ein Glas Rotwein in der Hand, fiel es mir noch schwer zu sprechen. Aber wozu denn auch, es gab nichts mehr zu sagen."

12

Es konnte jederzeit wieder erscheinen, dieses wilde Raubtier. Ich spürte es oft in meinen tiefen inneren Abgründen. Wie es versuchte mich zu ängstigen, mir zu zeigen, wie schwach ich doch eigentlich bin. Aber ich würde es bändigen können, dieses schöne, buntfellige Katzentier, wenn ich wüsste, was in mir es am Leben erhält, ihm ständig frische Beute präsentiert. Manchmal denke ich, ja, jetzt habe ich es gefangen, nun wird es mich unterstützen müssen, um sich weiter lebendig zu fühlen. In so manchem Traum bin ich ihm begegnet, es umschlich mich, ich spürte den heißen Atem auf meinem Gesicht, ohne etwas zu erkennen. Doch seine Geräusche verrieten ihn. Ein tiefes, langandauerndes Grollen wie bei einem aufziehenden Gewitter. Seine schleichenden, kaum hörbaren, samtweichen Schritte, denn ständig umkreiste er mich. Manchmal führt er mich an geheime Orte, zu längst Verstorbenen. Er ist stets an meiner linken Seite, wie ein Kundschafter eilt er voraus, taucht plötzlich wie aus dem Nichts wieder auf. Bald hatte er seinen Schrecken verloren, ich wusste ihn zu bändigen. Ja, er war es, dieser mächtige Tiger, ein Amurtiger. Geschmeidig, mit langem rot-braun-weiß gestreiften Fell. Gelbgrün die funkelnden Augen, deren Blicke mir den Atem stocken ließ. Wenn er sich aufrichtet, ist seine ganze Größe zu erkennen. Ich fühle mich wie ein Zwerg. Er kann meine Gedanken lesen und ich seine. Ich werde ihn respektieren müssen, er gehört zu meiner Innenwelt wie die Lieder, die oft im inneren Ohr ertönen. Er wird mich vernichten, würde ich es wagen, ihn anzugreifen. Das ist eine reale Feststellung, denn unser Inneres hat die Macht alles zu vernichten, auch sich selbst. Doch dieses mächtige Tier ist für mich ein Beschützer, Spurensucher auf meinem Weg, wenn ich die Regeln für solch eine Gefährtenschaft einhalte. Er wird es tun, nichts anderes ist seine Aufgabe. Wo nur bin ich ihm zum ersten Mal begegnet?

Einst hat er mir auf dem Schoß gesessen, hat meine Schuhe angeknabbert, wütend geknurrt und danach mein Gesicht mit seiner rauen Zunge abgeschleckt. Schon bei der ersten Begegnung hatte er mich in sein Herz geschlossen, alle Anwesenden wunderten sich, wie sanft er mich behandelte. Ich ging mit ihm auf der Hauswiese spazieren, und wenn ich nach ihm rief, kam er sofort angesprungen. Damals ist von ihm etwas zu mir übergesprungen, in meine Seele hinein. Am liebsten hätte ich ihn entführt. Da war er ein halbes Jahr alt, und eine Freundin von mir hatte ihn bei sich Zuhause in Pflege. Sie arbeitete im Tierpark als Betreuerin mit den Tigern. Seit der Zeit begegne ich ihm bisweilen in meinen

Träumen. Manchmal beachtet er mich nicht, ignoriert, was ich von ihm will. Andererseits versucht er mich herauszufordern, lässt mich erstarren, vor Angst zittern, gibt den Weg nicht frei und verhöhnt mich dabei.

Nach den Geschehnissen der letzten Monate dachte ich mir, es würde gut tun, für einige Tage Abstand zu bekommen. Ich wollte meine Gedanken und Gefühle ordnen, zu neuen Erkenntnissen kommen, die mir meine Entscheidungen erleichtern würden. Ich fasste den Entschluss, für eine Woche zu fasten und zu meditieren – in der einsamen Moorhütte. Ich bat zuvor Lagu und seine Familie um Erlaubnis, welche ich sofort bekam, mit den besten Wünschen für ein gutes Gelingen. Sie schenkten mir einen Beutel Kräuter für die Teezubereitung, eine ganz besondere Mischung, wie Beorc betonte. Ulmar bot an, sich um mich zu kümmern, mich ab und an zu besuchen. Das lehnte ich aber deutlich ab, ich wollte mit mir allein sein. Meine Begründung hat sie dann verstanden und mir noch einen Abschiedskuss mit auf den Weg gegeben. Ihre Zuneigung tat mir gut, ich fühlte mich geliebt.

Nun stand ich in der Diele mit einem dicken Seesack, vollgepackt mit Kleidung zum Wechseln, drei Kartons Kerzen, eine Taschenlampe samt Ersatzbatterien, ein kleiner Kochtopf, ein Gaskocher für den Fall, dass ich nicht genug Brennholz zum Kochen fände, Gemüse aus meinem Garten, einen Beutel frische Äpfel und ein Notizheft. Auf dem Seesack festgebunden ein Schlafsack, eine kleine Axt und zwei Wolldecken. Ich schaute umher und überlegte, ob ich alles beisammen hätte. Ich befestigte mein Gepäck auf dem Fahrrad und verabschiedete mich von den Tieren. Es war abgemacht, dass Ulmar sie während meiner Abwesenheit versorgen würde.

Es war einer der letzten schönen milden Herbsttage, windstill und in der Luft ein zarter Schimmer, wie man ihn sonst nur von Landschaften in Ölgemälden kennt.

Die Bäume trugen ihr buntestes Kleid, und die Vögel sangen ihre schönsten Lieder. Am frühen Nachmittag erreichte ich die Moorhütte, mühsam zu Fuß, weil der Trampelpfad zu sumpfig war, um da mit dem Fahrrad durchzukommen. Das versteckte ich im Gebüsch am Wegesrand und trug schwer an der Last meines Gepäcks. Zweimal machte ich den Weg zur Hütte über den schlammigen Pfad, der auf einigen Metern auch knietief unter Wasser stand. Zunächst versuchte ich mich so gut wie möglich in der Hütte einzurichten. Es war nicht leicht, einen geeigneten Platz zum Schlafen zu finden, da der Erdboden von dicken knorrigen Baumwurzeln durchwachsen ist. Am besten war es dann letztlich da, wo der Tisch stand. Der hat nun einen anderen Platz bekommen, nachdem ich an verschiedenen Stellen probegelegen hatte.

Als endlich alles ausgepackt war, machte ich mich auf, mit einem Eimer, der zum Inventar der Hütte gehört, frisches Wasser vom See zu holen.

Auf dem Weg dorthin, durch das dichte Dickicht aus Schilf und Rohrkolben, überflog mich, laut vor sich hinschwatzend, mein alter Freund, der Eichelhäher. Ich fasste seine lautstarken Protestrufe als freundliche Einladung auf, und versuchte, mich in seiner Sprache mit ihm zu unterhalten. Ich schnarrte und pfiff in allen mir möglichen Lautäußerungen, versuchte seine Geräusche zu imitieren. Und tatsächlich schien ihm das zu gefallen, denn er kam näher und setzte sich auf den Ast einer nahestehenden Moorbirke. Er musterte mich gründlich und wiegte dabei seinen Kopf von einer Seite zur anderen.

Ob er mich wohl als Freund erkannte?

Nachdem ich mich mit genügend Wasser versorgt hatte, machte ich mich auf die Suche nach Brennholz. Das war ein mühseliges Unterfangen, da hier im Moor nicht gerade viele große Bäume wachsen.

Doch ich hatte Glück, denn hinter der Hütte lag ein dicker Ast mit vielen trockenen Zweigen, wohl von einem Sturm aus der alten Mooreiche herausgebrochen. In der näheren Umgebung fand ich noch einige abgestorbene kleinwüchsige Birken, die so ausgetrocknet waren, dass ihr Holz wie Zunder brennen würde. Bald lag ein für mehrere Tage ausreichender Vorrat an Brennmaterial vor der Tür. Als die Sonne unterging, wurde es merklich kühler, und schwirrende Wolken von blutdurstigen Moskitos fielen über mich her. Es war an der Zeit, im Inneren der Hütte ein wärmendes Feuer zu entfachen. Als einige brennende Kerzen mit ihrem matten Lichtschein den Raum in eine funkelnde Höhle zu verwandeln schienen, der Topf mit siedendem Wasser über der Feuerstelle vor sich hin summte, das Knacken und Prasseln der brennenden Äste sich mit dem abendlichen Gesang der Vögel vermischte und ich in meinem wärmenden Schlafsack lag, da stellte sich ein Gefühl der Geborgenheit ein. Mir war, als wäre ich nach einer langen Reise zu Hause angekommen. Mir fiel der Tee ein, den Beorc mir mit auf den Weg gegeben hatte, und öffnete den Beutel, aus dem mir sofort ein frischer Duft von verschiedensten Kräutern entgegenströmte. Ich tat eine Prise in einen Becher und füllte ihn mit heißem Wasser auf. Es schmeckte köstlich, und mein Hungergefühl war besiegt. Eine Bewegung über meinem Kopf erregte alle meine Sinne. Als ich nach oben sah, in das knorrige Geäst der alten Mooreiche, deren mächtige

Krone sich über dem Dach der Hütte ausbreitete, kreuzten sich unsere Blicke. Eine Eule starrte mich aus ihren riesiggroßen, goldfarbenen Augen an. Obwohl kein Experte für Eulen, vermutete ich, dass es eine Waldohreule war, denn sie hatte spitze Ohren. Sie plusterte ihr Gefieder auf und widmete ihre ganze Aufmerksamkeit dem Abendessen. Sie war gerade dabei eine fette Maus zu verschlingen, und nur das Mäuseschwänzchen hing ihr noch aus dem Schnabel. Sie würgte mit bizarren kreisenden Kopfbewegungen, bis auch der Rest gänzlich in ihrem Schlund verschwunden war. Mit tänzelnden Schritten hangelte sie sich den schrägen Ast entlang, bis sie durch einen breiten Riss im Dach lautlos in der Nacht verschwand. Ihre schrillen Rufe waren noch eine Weile zu hören.

Plötzlich war ein Rascheln zu hören, dann ein Kratzen und Schaben an den Wänden. Nun sind in Nähe des Erdbodens, an der Stelle, wo einige dicke Wurzeln der Eiche nach außen drängen, Risse und Spalten in der Wand, geeignet als Durchschlupf für allerlei Getier. So gelang es dem kleinen Fuchs hereinzukommen. Er kannte seinen Weg genau, und ohne mich und das Feuer im geringsten zu beachten, begann er zwischen den Baumwurzeln zu graben. Mit einem übelriechenden, formlosen, undefinierbaren Knäuel in seinem spitzen Maul verschwand er so schnell wie er gekommen war. Das Feuer glimmte nur noch schwach und warf schemenhafte Schatten in den Raum, der sich endlos ausdehnte, als würden die Wände und das Dach zu dunstigen Nebelschwaden zerfließen. Über mir funkelte am schwarzblauen Himmel die Fülle der Sterne. Ich versuchte mich zu konzentrieren, und sah allmählich, dass ich mich auf einem kleinen Hügel befand, mit weitem Blick auf eine nächtliche Landschaft zu meinen Füßen. Ich saß hinter einen Felsen gekauert und spähte zu einem dunklen Punkt in der weiten Landschaft, nicht weit von mir entfernt. Irgendwie fesselte er meine ganze Aufmerksamkeit, rief ein unerklärliches Gefühl hervor.

Eine Mischung aus Angst und Vorfreude vor dem Unbekannten. Dann nahm ich die Bewegung wahr, aus dem Punkt wurde ein Körper auf vier Beinen, der sich geschmeidig auf mich zu bewegte. Es war der Tiger, mein Freund, also konnte ich mein erstes panikartiges Angstgefühl bezwingen und gelassen abwarten, was geschehen würde. Als er mich erkannte, kam er langsam zu mir, blinzelte mit seinen smaragdgrünen Augen, umkreiste mich, wobei er seinen Kopf an meinem Rücken scheuerte. Das war wohl seine Art der Begrüßung. Sanft nahm er meine Hand zwischen seine kräftigen Zähne und versuchte mich zum Aufstehen zu bewegen. Mir schien es, er wollte mir mitteilen, ihm zu folgen.

Er lief langsam voraus, wobei er sich regelmäßig nach mir umschaute. Wir folgten einem gewundenen Pfad, links und rechts waren immer mehr Bäume und Büsche zu erahnen, scherenschnittartige Gebilde, abgehoben gegen den hell funkelnden Sternenhimmel. Als der fast volle, honiggelbe Mond über den Horizont stieg, war deutlich das sandige Ufer eines Sees zu sehen, und im silberglänzenden Wasser spiegelten sich der Mond und die Sterne. Der Tiger ließ sich mit einem leisen Brummen zufrieden in den Sand fallen und wälzte sich auf die Seite. Waren wir am Ziel, was sollte ich hier? Als nichts geschah, erhob ich mich und ging auf den Weg zu. Doch meine Ungeduld wurde sogleich bestraft, denn der Tiger stand wie festgewurzelt vor mir und versperrte drohend den Weg. Davon wollte ich mich nicht beeindrucken lassen und versuchte ihn zu ignorieren, so zu tun, als ob er nicht vorhanden wäre. Ich schlich an ihm vorbei und ging dann schnellen Schrittes in die Richtung, in der ich die Moorhütte wähnte. Doch hinter mir waren bald die zornigen Laute des Tigers zu hören. Meine Angst wuchs und ich lief schneller, bis ich in der Ferne ein Licht schimmern sah. Der Schein ging von der Kerze aus, er drang durch die Ritzen in der Holzwand. Erleichtert schloss ich die Tür, legte mich in meinen Schlafsack und war der Meinung, nur geträumt zu haben. Aber eine Kerze brannte nicht!

Hier fühlte ich mich sicher, doch unerwartet weckte mich ein unheimliches Geräusch aus meinem leichten Schlummer. Ein lautes Rumpeln, und der Tiger hatte die Tür mit einem Prankenschlag geöffnet. Er musterte mich zornig und setzte zum Sprung an, flog auf mich zu, mit weit geöffnetem Maul. Ich erkannte seine starken gekrümmten Säbelzähne, den triefenden Speichel, der aus seinem Maul hing, seine schwarzen Barthaare, den hypnotisierenden Blick seiner glühenden Augen. Mitten im Fluge auf mich zu erstarrte er zu meiner Verwunderung zu einem bewegungslosen Bild. Wie eingefroren hing er einen Moment über mir und zerbarst dann zu Abertausenden kleiner Mosaikstückchen, die leise klirrend auf mich niederfielen.

Er war verschwunden, hatte sich vor meinen Augen in Nichts aufgelöst.

Mein Schlafsack war übersät mit kleinen Blättchen. Die Eule saß auf ihrem Ast und beachtete mich nicht.

Am Morgen wurde ich schon zu Sonnenaufgang vom Vogelorchester geweckt. Als dann noch ein Pulk laut schnatternder Wildgänse auf dem nahen See landete, trieb es mich aus meinem warmen Schlafsack. Als ich vor die Tür trat, traf mich blendende Helligkeit. Der nächtliche Frost hatte die Landschaft mit glitzerndem Raureif verzaubert. Ich nahm ein Bad im kalten See und danach, auf dem Gaskocher eine Kanne Tee gekocht, einige rohe Mohrrüben, ein Apfel – das war mein Frühstück und Mittagessen zusammen. Für den Tee nahm ich von meinen Kräutern. Beorcs Mischung traute ich nicht, hatte einen bestimmten Verdacht. Nämlich, dass meine nächtliche Vision durch ihren Tee verursacht wurde. Auf einem Findling lagen meine Steine, der Sichelstein und der ovale Schutzstein von Lagu. Sie würden sich durch das Sonnenlicht mit frischer Energie aufladen. Den restlichen Tag verbrachte ich mit Meditation, bis das Zeitgefühl und meine Gedanken zum Stillstand kamen. Am Abend dann neben dem Feuer fiel ich in einen tiefen und traumlosen Schlaf.

Das Rascheln der Eule weckte mich im Morgengrauen. Ein netter Mitbewohner, er hält die Hütte mäusefrei. Mit an sie gerichtete Gefühlsschwingungen dankte ich ihr für die Gastfreundschaft. Ich bereitete mir einen Tee von Beorcs Mischung.

Um den See herum führte ein schmaler Pfad. Über die zahlreichen kleinen Bäche spannen sich schwankende Stege, aus rohen Baumstämmen gezimmert. Einige im faulig verfallenden Zustand, gefährlich glitschig und morsch. Die Umgebung veränderte sich rasch, aus Schilf und Binsen, Zwergbirken und krummen Gagelsträuchern wurde ein Wald mit immer höheren Kiefern, Fichten, Buchen, Ahorn, Eichen und Eschen, Farnkraut und Pfeifengras. Der Pfad schlängelte sich weiter hindurch, ich kam an einen Ort, der mir ungewöhnlich vorkam, geheimnisvoll in diffuses Sonnengestrahle getaucht. Zwischen drei Eichen entdeckte ich die großen Steine. Mächtige Findlinge bildeten einen Halbkreis, in dessen Zentrum ein einzelner aufrecht stehender Stein, an einen Obelisken oder eine Stele erinnernd und tief in die Erde eingegraben, mit für mich undeutbaren verwitterten Symbolen bedeckt. Geheime Rituale, Opferungen, Beschwörungen, Liebesräusche, geheime Treffen, alles konnte sich hier zugetragen haben. Um ein prähistorisches Hünengrab oder ähnliches konnte es sich aber nicht handeln, denn sonst wäre dieser Ort in meiner Wanderkarte eingezeichnet. Angelehnt an den Stelenstein saß ich am Boden und genoss die wärmenden Strahlen der Herbstsonne und fragte mich, wie wohl diese Steine hierher gelangt sind und welche Bedeutung sie haben. Die Wirkung des Tees führte dazu, dass ich irgendwann in leichten Schlummer fiel und erst bei Sonnenuntergang durch das laute Schnattern einer Entenfamilie aufschreckte. Sie wollten mir wohl erklären, dass das hier ihr Lager für die Nacht sei und ich Eindringling sofort zu verschwinden hätte. Unter ihren zufriedenen Quakkommentaren verließ ich den mystischen Ort.

In der pinkfarbenen Abenddämmerung erreichte ich hungrig und durstig mein Lager. Es war eine Fehleinschätzung, dass nach nun drei Tagen des Fastens mein Hungergefühl nicht mehr vorhanden wäre. Also gönnte ich mir zum Tee einige rohe Wurzeln und zwei Äpfel. Am nächsten Tag werde ich ein Schlammbad nehmen, um meinen Körper sehr gründlich zu reinigen, war mein letzter Gedanke, bevor ich einschlief.

Am Seeufer brauchte ich nicht lange zu suchen, um eine seichte Stelle zu finden, mit einer dicken Schicht aus fettem Schlamm. Ich war völlig nackt und bedeckte meinen gesamten Körper damit, auch meinen Kopf samt Haaren. Wohltuende Kühle kroch durch die Haut, und ich legte mich an einer sonnigen Stelle in das hohe Gras.

Bald war der Schlamm zu einer festen zweiten Hülle erstarrt, die mich wie ein Schutzpanzer umschloss. Er war durch die wärmende Sonne so hart geworden, dass meine Arme und Beine kaum noch zu bewegen waren. Auf einer Gedankenreise durch meinen Körper besuchte ich alle Organe, Muskeln, Gedärme, und verspürte dabei, wie die kalte Schlammpackung alle Giftstoffe und belastende Ablagerungen herauszog. Das ging einher mit einem angenehmen Prickeln auf meiner Haut, wobei sich eine immer weiter ansteigende Wärme ausbreitete, bis zu dem Gefühl innerlich zu brennen. Eine Stunde etwa genoss ich mit geschlossenen Augen dieses Ritual, wobei ich meinen Gedanken freien Lauf ließ, Bilder tauchten auf und verblassten.

Ich beachtete sie nicht, hielt kein Bild und keinen Gedanken fest, ließ alles wie einen klaren Fluss durch mich hindurchströmen. Den Körper nicht mehr wahrnehmend, nur noch die Sonne, das Liedgeschmetter unzähliger Vögel, und die lächelnde Leichtigkeit meiner Seele ließ innere Bilder aufsteigen, die ich nicht loslassen konnte. Zu überwältigend ihre Strahlkraft, ihre Eindringlichkeit. Vulkanausbrüche, die glühende Lava kam in einem breiten Strom rasend schnell auf mich zu, doch im selben Augenblick stürzte eine riesige Woge schäumenden Wassers über mich hinweg. Hitze und Kälte zur gleichen Zeit, ein für mich bisher so noch nicht gekanntes Gefühl. Geräusche drängten in mein inneres Ohr, eine Flut von Bildern überschüttete mich. Ein Mann in langer abgewetzter Lederschürze mit einem riesigen Hammer in seinen Händen schlug unablässig auf ein Stück Metall, weißglühend und funkenstiebend. Ein glühendes Schwert entstand. Dichter Rauch überall, mein Atem stockte, doch im selben Moment der Ruf eines Vogels aus großer Höhe, gegen den stahlblauen Himmel nur als kleiner Punkt zu erkennen. Aber keine Gesichter, die mich besuchten, obwohl ich sie so herbeisehnte. Mich selbst aber sah ich, in einer winzigen Gasse zwischen alten Fachwerkhäusern stehend, neben mir sitzend der Tiger, ruhig und aufmerksam die Gestalt vor uns betrachtend. Meine Großmutter stand vor mir. Schlohweiß ihre Haare, über die Schultern wallend, in eine verwaschene, geblümte Kittelschürze gehüllt, als würde sie vor ihrem Küchenherd stehen, strahlendblau die Augen, ein vergnügtes, lautloses, endloses Lächeln. Ich lächelte ihr zu, fühlte mich in meine Kindheit zurückversetzt, und sie sprach zu mir:

„Schmiede dein irdisches Leben, dass die Funken stieben, nutze das glühende Schwert deines Willens, lasse deinen Geist so hoch fliegen, bis dass du den Bussard berührst, seine Federschwingen an deiner Wange spürst. Lasse nicht zu, dass dein heißes Herz zu einem kalten Stein gefriert. Häufe nicht Hab und Gut zu Reichtum, diese Last könnte dich wohl erdrücken. Achte alles Leben, ob Stein, Pflanze oder Tier, alles ist von gleichem Wert.
Nutze die Kraft des reinigenden Wassers zusammen mit den heilenden Schlämmen. Suche mich nicht, ich finde dich."

Die Sonne war hinter das dichte Laubwerk eines Baumes gewandert, ich öffnete meine Augen, und die gehörten Worte wiederholten sich in meinem Geist. Ich wusste, genau diese Worte hatte ich schon als Kind zu vielen Gelegenheiten von meiner Großmutter vernommen. Ich hatte sie vergessen.

Als ich mich erhob, begann der Moorschlamm zu knistern und bröckelte an einigen Stellen. Es war schwer zu gehen in diesem Korsett. Wenn mich jemand so sehen würde, einem vermodertem Baumstamm ähnlicher als einem menschlichen Wesen, der würde ganz sicher einen gehörigen Schrecken bekommen, mich wohl für eine auferstandene Moormumie halten. Ein albernes Kichern entwich mir, und kopfüber stürzte ich mich in den See. Das kühle Wasser belebte mich, und langsam wusch ich den Schlamm von meinem Körper und aus den Haaren. Die Haut glühte und war feuerrot, ein angenehm wärmendes Feuer. Danach rieb ich mich mit Wedeln vom Farnkraut trocken, trank einen Schluck Seewasser, zog meine Kleidung an und wanderte gemächlich weiter auf dem gewundenen Pfad, der um den See führt. An einer Stelle stieß ich auf niedrige, kleinblättrige Büsche, voll mit blauen Beeren. Sofort sammelte ich so viel davon, wie in meinen kleinen Brotbeutel passten. Das würde ein köstliches Mahl hergeben, zusammen mit heißem Tee. Ein Pulk Rehe kreuzte meinen Weg, erstarrt in ihrer Bewegung, mich neugierig betrachtend, doch plötzlich in hektischen Sprüngen im Unterholz verschwindend. Auch ein buntfelliger Fuchs schien mich nicht zu fürchten. Als ich ihn in geringem Abstand passierte, verfolgte er jeden meiner Blicke und jede meiner Bewegungen, doch mutig verharrte er auf seinem Platz. Er schien mich anzulächeln. War er womöglich der Fuchs, der seine Speisekammer in der Moorhütte angelegt hat?

All diese Begegnungen hatten eine tiefergehende Bedeutung für mich, darin waren Botschaften verborgen, die ich übersetzen müsste, soviel ahnte ich. Der beste Weg wäre zu versuchen, das geistige Wesen zu erfassen, ja, selbst zu diesen Wesen zu werden. Ich erkannte eine neue Herausforderung für mich, eine Aufgabe, deren Lösung nicht einfach zu finden wäre.

Am sechsten Tage der Abgeschiedenheit in der Wildnis war mir mein Körpergefühl abhanden gekommen. Ein hell tönendes, schwebendes Gefühl hatte von mir Besitz ergriffen. Sämtliche Gegenstände, ob nun in der alten Hütte oder der freien Landschaft, nahm ich wie durch ein Vergrößerungsglas wahr. Alles rückte näher an mich heran, die Farben kräftiger und zahlreicher. Ja, von mir bis jetzt nie gesehene Farben, die wie ein schwachglühender, fluoreszierender Mantel alles umschloss und sich ständig im Farbmuster und seiner Intensität verändernd hin und her wogte.

In den Bäumen sah ich unter der Rinde die silbrig glänzenden Säfte aufsteigen bis in die feinsten Verästelungen der Zweigspitzen und Blätter. Sah feine Dunsttröpfchen aus den Blättern entweichen, die ich sogleich begierig aufsog. Der Atem der Bäume durchströmte mein Inneres, den Körper, beginnend vom Kopf und dann schnell bis in die Füße. Ich fühlte etwas sehr Fremdartiges, sah meine Haut sich verwandeln in schorfig rissige Borke. Ich wurde mehr und mehr zu einem Baum, senkte meine feinen Wurzeln tief in den moorigen Untergrund, streckte die belaubten Zweige gen Himmel, pumpte kristallklares, Äonen Jahre altes Wasser durch mein Selbst und verströmte es letztlich als feinen Nebel in die Atmosphäre. Zu keiner Bewegung fähig genoss ich dieses überwältigende Gefühl, mit der Natur, der Schöpfung und dem gesamten Kosmos aufs innigste verbunden zu sein. Ich hatte dabei auch jegliches Zeitgefühl verloren, war weder alt noch jung, jeder meiner Atemzüge schien Jahre anzudauern. Während meine Äste in der leichten Abendbrise tanzten, freudig mit ihren Blättern wisperten und die Wolken vor den lächelnden Mond schoben, sank ich in den leichten Schlummer der Seeligkeit.

Dann geschah das Unvorstellbare!

Wie der hypnotisierte Zuschauer einer makabren Aufführung des surrealen Welttheaters betrachtete mein inneres Auge in diesem menschenkörperlosen, baumigen Geisteszustand, lethargisch eine erschreckende und grausame Szene.

Mein Kopf lag seitlich neben meinem leblosen Körper, abgetrennt durch ein glühendes Schwert, welches eine daneben stehende Gestalt in ihren Händen hielt. Das Gesicht war bis zur Unkenntlichkeit verhüllt, doch ich erkannte meine Großmutter – an ihrem Geruch, mir seit Kindertagen tief eingeprägt.

In ihren beruhigenden Gedanken war zu lesen, dass ich keine Angst und keinen Schmerz verspüren würde, sollte aber genau beobachten, was weiter geschah. Mir konnte kein Leid zugefügt werden, ich war doch ein Baum.

Auf ihrer linken Schulter hockte ein kleines geflügeltes Wesen. Drachenähnlich der schuppig schillernde Körper, mit krallenbewehrten Klauen, der Kopf mit menschenähnlichen Zügen, leuchtende ovale Augen, übergroße Ohren und ein breiter Mund mit nadelspitzen Zähnen. Meine Augen betrachteten, wie dieses geflügelte Tier nun das Fleisch in kleinen bluttriefenden Fetzen von meinen Knochen riss, es in alle Richtungen schleuderte, in gierigen Schlucken von meinem Blute trank, bis nur noch die fein säuberlich abgenagten blanken Gebeine am Boden lagen.

In sämtlichen dunklen Winkeln der Hütte saßen unsichtbare Gestalten, die kichernd mit schmatzenden Geräuschen diese Fleischfetzen verzehrten. Währenddessen war Großmutter dabei, die Knochen laut zu zählen und schien verzweifelt, als sie feststellte, dass einer fehlte. Sie durchsuchte in gebückter Haltung meine Kleidung und fand den Schutzbeutel. Daraus nahm sie das kleine Knöchelchen, das mir einst Lagu zusammen mit Stein und Feder vermacht hatte. Sie legte es zu den anderen Knochen, und tatsächlich passte es in eine kleine Lücke am rechten Fuß. Es war mir bisher nie aufgefallen, dass dort ein Knochen fehlte. Die verhüllte Gestalt entnahm einem kleinen Lederbeutel eine silbrig schimmernde Substanz und verstreute sie unter lautem Singsang sorgfältig über den knöchernen Korpus. Und wie durch einen geheimnisvollen, schöpferischen Zauber wuchs nun mit unvorstellbarer Geschwindigkeit rosiges Fleisch, Adern, Sehnen und Muskeln um das Skelett, bis mein Körper wieder vollständig hergestellt war.

Plötzlich wurde mein Kopf von den Krallen einer riesigen vogelähnlichen Gestalt mit schneeweißem Kopf umschlossen. Im Fluge ging es durch das sich auflösende Dach der Hütte, immer höher und höher, bis ich den Erdball als winzigkleinen blauen Punkt aus großer Höhe gewahrte. Dann fiel ich, aus den Klauen entlassen, rasend schnell durch die dunstigen Wolken zum Erdboden zurück, genau auf meinen kopflosen Körper zu.

Mir war schwindelig und leicht übel in der Magengrube zumute, als ich erwachte. In meinem Kopf war ein lautes Brummen und hohes Pfeifen zu hören, auch dumpfes Klopfen und knirschendes Schaben unter meiner Schädeldecke nahm ich wahr.

Fast verlor ich mein Gleichgewicht, denn zu meiner Bestürzung saß ich hoch oben in einer Astgabel der alten Mooreiche. Mein Kopf ragte aus einer breiten Lücke des maroden Daches, mein Blick schweifte über die sonnendurchflutete Landschaft bis hin zum See. Mir war es unerklärlich, wie ich hierher gelangt war, wie überhaupt die Ereignisse der letzten Nacht wie ausgelöscht waren.

Mit einiger Mühe schaffte ich den Abstieg durch das Geäst, und als ich nun in der dämmerigen Hütte stand, leicht schwankend auf schwachen Beinen, bekam ich einen Lachkrampf, der nicht enden wollte. Wie betäubt suchte ich den Weg ins Freie, ins Sonnenlicht, in die kühle Morgenluft. Das würde meine Lebensgeister neu erwecken, dachte ich mir, und so war es dann zu meiner großen Erleichterung auch. Ich war völlig nackt und machte mich sofort auf den Weg zum See, um ein erfrischendes Bad zu nehmen. Danach ging es mir schon wesentlich besser, ich konnte wieder klarer denken und versuchte mich nun zu erinnern, was in der letzten Nacht geschehen war. Doch mir schwirrten nur bruchstückhafte Bilder durch mein verändertes Bewusstsein, die ich in keine logische Reihenfolge ordnen konnte.

Wie in wattige Traumnebel gehüllt lag ich zwischen den magischen Steinen vor der Hütte. Ich spürte, meine Zeit der Meditationen und Visionssuche ging zu Ende. Was mich hier erwartete, welche tieferen Einsichten in mein Wesen und die Schöpfung mir zugänglich werden sollten, konnte ich nicht ahnen, als vor sieben Tagen meine Suche begann. Jetzt galt es, diese reichhaltigen Erfahrungen und Erkenntnisse einer anderen Wirklichkeit in mein zukünftiges Alltagsleben als menschliches Erdenwesen einzuflechten.

Nun wollte ich mich zum Abschied bedanken bei all den Mächten und Wesen, die mir geholfen hatten diese Zeit zu überstehen, die mir so viel von ihrer Kraft und dem universalen Wissen geschenkt haben. Von meinen Vorräten an Obst, Gemüse und Kräutern hatte ich nicht alles aufgebraucht. Drei Äpfel nahm ich und ging zum See, hielt sie hoch in die Luft, bedankte mich bei den Wassergeistern und dem heilenden Schlamm, um sie dann weit hinaus ins Wasser zu werfen. Sie tänzelten auf den kleinen Wogen und trieben immer weiter fort vom Ufer, bis ich sie nach einiger Zeit nicht mehr sehen konnte. Dann verteilte ich den Rest meines Möhrenvorrates zwischen den magischen Steinen vor der Hütte, als Geschenk für die Vögel und den kleinen bunten Fuchs.

In der Hütte verräucherte ich die übrig gebliebenen Kräuter, umarmte die alte Mooreiche, bedankte mich bei den in ihr lebenden Seelen für ihre Gastfreundschaft und Duldsamkeit. Ich spürte, sie hatten mich unterstützt, obwohl sie sich kein einziges Mal gezeigt hatten. Das deutete ich als gutes Zeichen.

Nachdem ich die sichtbaren Spuren meiner Anwesenheit beseitigt hatte, verschloss ich sorgfältig die morsche Eingangstür, verharrte einen Moment in innerer Zwiesprache mit diesem beseelten Platz, sog noch einmal die Geräusche, die Gerüche und Bilder der Landschaft in alle meine Sinne hinein.

13

Als ich ermattet durch Fasten und anstrengende Geistreisen zu Hause eintraf, wurde ich überschwänglich von unserem Hund begrüßt. Er hatte meine Gesellschaft und Zuwendung schmerzlich vermisst und rannte ohne Unterlass laut bellend und fiepend im Kreis um mich herum. Die Katzen allerdings schienen beleidigt zu sein ob meiner ungewohnt langen Abwesenheit, sie schenkten mir keinerlei Aufmerksamkeit. Demonstrativ wendeten sie mir ihren Rücken zu.

Ulmar, durch das Bellen alarmiert, trat durch die Haustür, einen Futtertrog in der Hand, den sie bei meinem Anblick fallen ließ. Die Katzen stürzten sich sofort gierig auf die zu Boden gefallenen Fleischbrocken, die wohl eher als Futter für den Hund gedacht waren. Freudestrahlend kam sie auf mich zu, schloss mich in ihre Arme und schien mich schier erdrücken zu wollen.

„Endlich bist du zurück. Ich musste oft an dich denken und wie es dir wohl erginge, so ganz allein da draußen in der Hütte. Hast du die Zeit gut überstanden? Abgenommen hast du, und der Bart steht dir gut, siehst damit erwachsener aus. Du hast bestimmt einen Bärenhunger. Was möchtest du denn, ich werde es sofort für dich kochen.“

Überwältigt von ihrer ungestümen Begrüßung war ich nicht in der Lage zu antworten. Nach den Tagen der Einsamkeit hatte ich Schwierigkeiten, mich in der Realität zurechtzufinden. Zu viele ungewohnte Reize bestürmten mein verändertes Bewusstsein, doch ich freute mich, meine Tiere und ganz besonders Ulmar wiederzusehen.

Ich brachte mein Gepäck in die Diele, legte mich in einen Liegestuhl, genoss die milde Herbstsonne und schaute den Tieren bei ihrer Mahlzeit zu. Ulmar setzte sich wortlos zu mir und streichelte zärtlich mein Gesicht.

„Es ist schön, wieder Daheim zu sein", murmelte ich, „aber ich muss mich erst daran gewöhnen. Verzeih mir meine Wortkargheit, ich hoffe, du verstehst das."

„Aber ja doch. Gleich bist du auch wieder für dich. Ich bin nur kurz hier, um die Tiere zu versorgen. Ich gehe gleich, und wir können uns Morgen treffen, sofern du möchtest."

„Ach, Ulmar, ich komme noch mit zu dir. Eigentlich hätte ich so viel zu berichten und ich merke, dass viele Fragen in dir schlummern. Eine Kleinigkeit kann ich sicher bei dir essen, oder?"

„Ja, natürlich, wir können sofort aufbrechen, ehe du mir hier einschläfst", erwiderte sie lächelnd. „Lagu und Beorc werden sich freuen dich wohlbehalten zurückgekehrt zu sehen."

Wir traten in die Küche, Lagu saß allein am Tisch und las in einem Buch.

„Ah, der Gabor ist wiederauferstanden", begrüßte er mich in ruhigem Tonfall. Ich setzte mich zu ihm, und wir schauten uns wortlos in die Augen.

„Ich spüre, deine Zeit in der Hütte bot einige Überraschungen für dich, und nun hast du daran zu knabbern. Ja, das sehe ich wohl in deinen Augen, und deine Gedanken sind angefüllt mit wundersamen Bildern. Verliere jetzt nicht viele Worte, lasse alles in dir nachklingen. Wir können uns später unterhalten, oder hast du eine bestimmte wichtige Frage?"

„Ja, eine Frage möchte ich dir stellen. Ich bin gestorben, das war erschreckend und wunderschön zugleich. Dann wurde ich wiedergeboren als verändertes Wesen. Einige Geschöpfe aus der anderen Welt haben mich beschützt und begleitet und Prüfungen wurden mir auferlegt. Ich empfand das als real, viel eindrucksvoller als zu träumen, im Grunde viel mächtiger als die wohlbekannte Wirklichkeit. Ist das alles nun wirklich geschehen, oder hatte ich Halluzinationen. Eure Teemischung könnte damit zu tun haben. Du bist doch ein Schamane, oder? Meine Frage an dich ist: Gibt es diese andere Realität?"

„Ich bin kein Schamane! Vielleicht werde ich einst einer sein, doch jetzt würde ich mich nicht als solchen bezeichnen. Es wird zwar gesagt, wer weiß und heilt, ist ein Schamane, doch so einfach ist das nicht. Denn sonst könnte sich ja jeder Quacksalber als Schamane ausgeben, was hin und wieder auch passiert. Man wird schon als Schamane geboren oder von der Gemeinschaft irgendwann bei ungewöhnlichen Vorkommnissen als solcher erkannt, weil der Keim schon im Inneren vorhanden ist. Das ist ganz unterschiedlich in den verschiedenen Kulturen. Manchmal wird ein verstorbener Schamane wiedergeboren im Körper seines Enkels oder Urenkels oder ihrer Tochter; ist alles schon vorgekommen. Doch eines ist überall gleich, nämlich dass jeder Mann und jede Frau ihren eigenen Weg suchen kann, der dann praktizierender Schamanismus genannt wird. Was ich heutzutage an Fragen gestellt bekomme, ist schon erstaunlich für mich. Doch für den Fragenden am wichtigsten ist, dass er auch die Antwort anhört und nicht schon davor die nächste Frage stellt. Das unaufhörliche Geplapper des Egos, das sich immer in den Vordergrund drängende Ich sollte zum Verstummen gebracht werden, dann erst hört man die Antworten. Immer wieder stelle ich fest, dass jede neu nachwachsende Generation mit anderen Worten die gleichen Fragen stellt. Es gibt ja so viele Namen für ein und dasselbe. Auch du, Gabor, solltest in dein Inneres lauschen, um die richtigen Fragen zu stellen. Sonst wirst du nie die richtigen Antworten bekommen. Oft wirst du Antworten in dir selbst finden. Nun hast du mir ja gleich zwei Fragen gestellt, obwohl es nur eine sein sollte, nicht wahr?"

Er hatte recht, wie ich nach kurzem Nachdenken zugeben musste.

„Nun gut", fuhr Lagu fort, „die Jugend ist so unruhig in ihrem Geist, der wird sich mit der Zeit schon beruhigen ohne einzuschlafen, auch bei dir. Ja, der Tee, den wir dir gegeben haben, hat dir den Zugang zu den anderen Ebenen der Wahrnehmung erleichtert. Er hat dir sicher nicht geschadet, denn es ist eine von mir wohlerprobte Kräutermischung. Sie sollte deine Pforten im Geiste weit offen halten, und das war auch bei dir erfolgreich. Allerdings verrate ich die psychowirksamen Essenzen nicht, das bleibt mein Geheimnis, zu leicht könnte damit Missbrauch getrieben werden. Die andere Realität, so wie du sagst, gibt es tatsächlich, überall um uns herum ist sie vorhanden. Meistens nehmen wir sie nicht wahr, zu schnell bewegen wir uns durch die Zeit, sind beschäftigt mit Aktivitäten, die dazu da sind, diese andere Welt zu überdecken, zu verdrängen. Wenn wir dann plötzlich einen kurzen Blick hineinwerfen, meist unbewusst, nicht willentlich, erschrecken wir oftmals grundlos zu Tode. Sofort flüchten wir dann in unsere vertraute Welt, die in Wirklichkeit eine Scheinwelt ist. Wir sind träumende Schlafwandler, gefangen in unseren drei räumlichen Dimensionen und der Zeit. So können wir nicht wissen, dass es den Tod nicht gibt, sondern einen Übergang in eine andere Daseinsform."

Ulmar servierte wortlos eine herrlich duftende Gemüsesuppe, die sie während des Gesprächs gekocht hatte. Mein Magen freute sich, denn inzwischen war er doch knurrig geworden. Während der sieben Tage im Moor hatte ich ausschließlich Rohkost und Tee zu mir genommen. Lagu bemerkte noch an mich gewandt, dass es falsch und ungesund wäre, jetzt eine reichhaltige Mahlzeit zu verspeisen, da ich meinen auf Sparflamme arbeitenden Organismus damit überfordern würde. Also hielt ich mich bescheiden zurück, obwohl ich nach einem Teller Suppe erst so richtig Heißhunger bekam. Den stillte ich mit einem Becher Kräutertee aus der Kanne auf dem Tisch. Eine Mischung aus Brombeerblättern, Kümmel, Pfefferminze, Melisse und Salbei, die Lagu jeden Tag literweise trank.

Ungewohnt gesprächig setzte er seine Erzählung fort, wie er zu dem wurde, der er jetzt ist. Er begann damit, dass seine Großmutter immer wieder einen Satz sehr eindringlich an ihn gerichtet hatte. Schon von Kindesbeinen an hörte er ständig: ‚Lasse die Natur dein Lehrmeister sein'. So konnte er gar nicht anders, als die Natur zu erforschen. Als Kind schon verbrachte er die meiste Zeit mit dem Studium von Tieren und Pflanzen, ob Sommer oder Winter, es gab immer wieder Neues zu entdecken. Also wollte er selbstverständlich Biologie studieren, was darin mündete, dass er sich mit größter Leidenschaft auf die Vogelwelt spezialisierte. Er wurde Naturschutzwart und bis zu seiner Pensionierung leitete er die Vogelschutzstation im Moor. Noch ein Schulkind, hatte er bei der Erforschung der Frösche an einem Sommertag mit einem Schulfreund gewettet, dass er einen Frosch in den Mund nehmen würde. Die Wette gewann er, doch der Preis war hoch. Durch den direkten Kontakt mit dem Schleim des Frosches hatte er sich eine lebensbedrohliche Vergiftung eingehandelt. Trotz sofortiger Behandlung im Krankenhaus wäre er beinahe daran gestorben. Bei diesem Überlebenskampf hatte Lagu seine ersten Einblicke in die übersinnliche Welt, stand er an der Schwelle zum Jenseits, und was er erlebte, hat sein Leben tiefgreifend verändert. Kein Arzt konnte helfen, er war in einem kritischen Zustand. An der Pforte zu einer anderen Welt traf er auf seinen inneren Heiler in Form eines Fischotters. Der versicherte ihm, dass alles sich zum Guten wenden würde, da er seine Aufgaben und Prüfungen auf dieser Erde noch nicht erfüllt hätte. Eine alte Frau kam am Morgen darauf an sein Krankenbett. Er kannte sie, wusste nur nicht mehr, wo er sie schon einmal getroffen hatte. Sie flößte ihm einen Trunk ein, der sein Leben rettete. Später erzählte sie, dass in einem nächtlichen Traum ein Fischotter, der mit einem roten Fisch im Maul in ihrem Gartenteich schwamm, ihr die Aufgabe gestellt hatte, ihn zu heilen. Sie wusste sogleich, welche Medizin die richtige ist. Sie verbrannte frische Äste vom Lindenbaum, zerkleinerte die Holzkohle zu einem feinen Pulver und vermischte dieses mit einem Auszug vom Wermutsstrauch und Wasser aus dem Brunnen unter ihrer alten Linde. Der Baum war über fünfhundert Jahre alt, wie sie versicherte. Linden werden älter als Eichen, bis zu tausendfünfhundert Jahre und haben hohe magische Heilkraft. Übrigens war sie die Tante seiner Mutter, die er nur als Kind ein paar mal getroffen hatte. Sie ist schon lange tot, doch ein Teil lebt in Lagu weiter. Sie ist zu dem Fischotter geworden, sein Totem, wie man auch sagen kann, oder sein Krafttier. Wie das geschehen ist, wollte er nie wissen. Zu viele Fragen führen nur in die Irre, auf manches bekommt man die Antworten in der anderen Welt, manches wird nie beantwortet, weil es darauf tatsächlich keine Antworten gibt.

Diese Erfahrungen drängten Lagu zu ungewöhnlichen Fragen,

die seine Familie manchmal in Erstaunen versetzte, denn er war noch ein kleiner Schuljunge, der eher spielerisch lernen und die Welt entdecken sollte. Doch es war ihm ernst, er wollte herausfinden, ob es diese andere, unsichtbare Welt gibt.

Auf dem weiteren Weg dahin verhalf ihm dann seine spätere Frau Beorc. Während der Studienzeit hatten sie sich bei einer Kräuterforschungsreise im Kaukasus kennen- und liebengelernt. Sie war zu der Zeit schon eine heilkundige Assistentin eines Doktors. Manche die sie näher kannten, bezeichneten sie als Kräuterhexe, was bei ihrer Familientradition auch niemanden wunderte. Dort, in einem abgeschiedenen Bergdorf im Kaukasus, hatten sie engen Kontakt zu einer gastfreundlichen Familie, in der auch der Dorfschamane lebte. Lagu wurde von ihm in diese geheimnisvolle Lebensweise, die Rituale und Zeremonien eingeweiht. Seit dieser Begegnung lebt Lagu nach diesen uralten überlieferten Lehren, leicht angepasst an unsere westliche Kultur. Der schamanische Weg ist überall begehbar, im Osten wie im Westen, im Norden wie im Süden, in der Großstadt wie auf dem Lande, betonte Lagu mit Nachdruck. Zum Beispiel, wir alle leben unbewusst mit den Überlieferungen unserer Ahnen, auch wenn wir das nicht wahrhaben wollen. Unsere Alltagskultur ist davon durchdrungen, nur die Bilder, Worte und Klänge haben sich verändert, der Kern wird auf immer unveränderbar bleiben. Er ist in allen Religionen, allen Kulturen und deren Glaubensausrichtungen die oft bunt maskierte Grundlage. Die Symbole sind im kollektiven Unterbewusstsein unauslöschlich verankert, und in bestimmten extremen Situationen brechen sie durch an die Oberfläche unserer alltäglichen Wahrnehmung. Doch die wenigsten können diese symbolischen Botschaften aus ihrem inneren Kern auch richtig deuten. Sie halten diese Regungen für Hirngespinste, Halluzinationen oder denken gar voller Angst und Beklemmungen, sie wären in irgendeiner Form geistesgestört. Mancher ist durch therapeutische Betreuung geheilt oder zur Behandlung seiner Symptome in eine Nervenklinik eingewiesen worden. Durch diese medizinischen Praktiken wird er wieder alltagstauglich gemacht. Als wenn ein Mensch wie eine Maschine repariert werden könnte. Welch ein Verlust für den Betroffenen, denn hätte er gewusst, was da mit ihm geschieht, was da heranwächst, er hätte es dankbar angenommen.

Lagu schüttelte bei den letzten Worten bedauernd seinen Kopf und widmete sich wieder seinem Buch. Damit war für ihn unser Gespräch beendet, welches im Grunde mehr ein weit ausholender Monolog seinerseits war.

Er würde heute wohl keine weiteren Fragen beantworten.

14

Es gab Fragen, auf die nur ich die Antworten wusste. Sie waren schon lange da, die Antworten, schlummerten in einem tiefen Tal meiner Seele. Sie warteten nur auf die richtigen, wirklich wichtigen Fragen, oftmals im Erleben einer rätselhaften Begebenheit verborgen. Meine bisherige Suche mündete in einer veränderten Wahrnehmung und Beurteilung meiner Umwelt, der sichtbaren so wie der unsichtbaren. Diese Welten sind ineinander verwoben, durch feine Fäden verknüpft.

So schrieb ich in der folgenden Nacht – zu meinem Erstaunen ohne über die Worte nachzudenken – meine bildhaften Eindrücke und meine Erfahrungen der letzten ereignisreichen Zeitspanne nieder. Das Symbolhafte verwandelte sich in meinem Geiste in Buchstaben, Worte, Sätze und floss ohne Kontrolle durch mein Bewusstsein auf das Blatt Papier. Ich sah wohl, was meine Hand schrieb, nur, ich verstand den Sinn der Worte nicht. In mir gab es eine Macht, die meinen freien Willen übernommen hatte, und die Sätze diktierte.

Erst einige Tage später gab ich der drängenden Neugierde nach und las folgende hingekritzelte Zeilen:

„Ich atmete die ewige Weisheit des wehenden Windes.
Ich genoss die klare Reinheit des fließenden Wassers. Ich weiß
von der Kraft der uralten Steine und der fernen Sterne. Ich weiß
von den heiligen Kräften der gebleichten Knochen. Ich vernahm
die heranwehenden Botschaften des heilenden Rauches. Ich hörte
auch die unausgesprochenen Worte meiner verblichenen Ahnen.

Ich lebe in der Weisheit der Winde, der Steine, des Wassers und
aller Wesen in ihm, der Lüfte, der Bäume, der Blumen, der Vögel,
der Schmetterlinge, den noch so kleinsten Geschöpfen, die auf
und unter der Erde leben und in dem zarten Lichte der funkelnden Sterne.

Meine Seele wurde zum spitzen Schrei der Eule und zum hei-
seren Heulen des kleinen Fuchses. Sie flog auf in die Höhe, um
Bruder des Bussards zu werden, sie wurde zum bunten Vogel im
grünen Busch, sich selbst betrachtend, ohne zu ahnen, dass er ein
Teil von mir wurde. Sie verband sich mit dem Tiger, der mich des
Nachts mit seinem dichten Fell wärmte. Sie wurde zum Blüten-
blatt einer Rose, verwelkend zu Boden fallend und doch wieder
neues Leben nährend. Zum wiegenden Grashalm, der seine Sa-
men von den Winden in alle Richtungen forttragen lässt.

Mein Herz schlug wie die Trommel von Mutter Erde, mein Blut wurde heiß wie die blendenden Strahlen von Vater Sonne.

Bin auferstanden aus den zerzausten Federn der Vögel, aus den unzähligen Flüssen, die doch alle im gleichen Ozean münden. Aus den vermoderten Blättern der Bäume endloser Wälder. Aus den über viele Milliarden Jahre alten, zu feinem Staub zermalmten Gesteinen, aus längst verblichenen Knochen aller unserer gemeinsamen Ahnen. Aus dem vergossenen Blute der Krieger der ewigen Schlachten und Kämpfe um Erlösung. Aus den körnigen Überresten gestorbener Himmelskörper, die auf unsere Mutter Erde herabrieseln, bis in alle Ewigkeiten und aus dem ständig wogenden Odem, der das Universum in Bewegung hält, auf dem man reiten kann bis zu den entferntesten Sternen.

Bin ein göttlicher Funke im Kleide eines menschlichen Körpers, herabgestiegen von den Himmeln, um zu lernen, was es bedeutet Mensch zu sein, auf der Suche nach Erleuchtung und Erlösung.

Ich war, ich bin und ich werde sein.

Einst werde ich sein Menschenkind unter Menschen, wildes Tier, blühende Pflanze oder harter Stein. Auch eine dunkle Wolke am Himmel, ein kleiner Tropfen Wasser unter unzähligen Tropfen des wogenden Meeres. Oder ein sandiges Körnchen unter unendlich vielen, am goldgelben Strande eines fernen Planeten."

Eine tröstliche Gelassenheit, ein Gefühl großer Erfurcht und Dankbarkeit breitete sich in mir aus. Ich wurde neu erschaffen und bin doch derselbe. Viele Antworten habe ich bekommen, einige Prüfungen wohl bestanden.

Ich ahnte, auf mich warteten neue Begegnungen in der anderen Wirklichkeit. Ein schattiger, gewundener Pfad, doch er führt zu meinem vorbestimmten Ziel.

Dann wird sich wohl eines Tages für mich die letzte Pforte öffnen, an die ich gerade zaghaft zu pochen wagte.

Epilog

Diese Geschehnisse haben sich vor einigen Jahren zugetragen.

Schon kurze Zeit nach meinem Abenteuer der Wandlung – und der Trennung von Sena – bin ich bei Ulmar eingezogen.

Sie arbeitet als Naturschutzaktivistin, ich als freischaffender Erzähler und Vorleser. Dabei können wir unsere Erfahrungen an interessierte Mitmenschen weitergeben. Wir führen ein ruhiges, harmonisches Leben, zusammen mit Beorc und Lagu, die sich einer unverwüstlichen Konstitution erfreuen.

Der Bauunternehmer ist verstorben, eines natürlichen Todes. Die Anschuldigungen, bei seinen Schicksalsschlägen sei Hexerei im Spiel gewesen, sind noch nicht entkräftet, flammen immer mal wieder auf, wenn im Dorf sich etwas Unerklärliches ereignet.

Pep ist und bleibt wohl ein Weltenbummler.

Chun bespielt jede Bühne, die sie ohne große Mühen erklimmen kann. Sie kommt gerne zu Besuch, um sich zu regenerieren.

Unser ehemaliges Wohnhaus dient heute als Ausgangspunkt für wissenschaftliche und pädagogische Exkursionen ins Moor.

Die Hütte ist bei einem schweren Unwetter in sich zusammengefallen. Noch denkt niemand daran, sie wieder aufzubauen.

Die alte Mooreiche wächst weiterhin mächtig in die Höhe, der Sonne entgegen. Manchmal, in windstillen Nächten, sind von dort flehende Rufe zu hören, von Eulen, Füchsen, Eichelhähern. Dazwischen mischt sich, wenn wir genau hinhören, der liebliche Gesang der Ahnen. Doch alles Ringen um Beachtung fruchtet nicht, der Ort hat seine magische Anziehungskraft für uns verloren.

Mag sein, es kommt eine Zeit, in der hilfreiche Kräfte benötigt werden. Dann warten dort die Baumgeister, öffnen uns verborgene Pforten – und weisen neue Wege.

Für den Leser kostenlos

Frank Teichgräber

Telepathische Triangel – oder – Können Bäume singen?

ISBN-10: 3-938848-24-3

Diese E-Book-Veröffentlichung kann online von der Internetadresse *www.pondminer.de* heruntergeladen werden. Es ist im Format pdf – 1,4 MB – 49 Seiten – illustriert.

Es erwartet Euch ein bunter Querschnitt aus Kurzgeschichten, ein paar Gedichte – und Auszüge aus meinen Manuskripten.